BOSS BRUTAL

FRÈRES BRATVA LIVRE 1

WILLOW FOX

SLOWBURN
PUBLISHING

Boss Brutal

Frères Bratva Livre 1

Willow Fox

Publié par Slow Burn Publishing

© 2022

v2

Traduction par sarahas2

Relecture par marie_frcy

Cover Design by MiblArt

UN

Madisyn

Devant Steele Concierge Medical, je regarde le grand bâtiment blanc qui se dresse devant moi. Je me sens petite et insignifiante en comparaison, mais ma contribution ne se limite pas à mon rôle d'infirmière.

— Tu attends quelque chose ? demande Hannah.

Je bois une gorgée de la tasse de café que je tiens dans ma main.

— Que la caféine fasse effet ?

J'attendais que ma collègue du FBI, l'agent spécial Savannah Blakely, me contacte. Elle n'était pas venue au café.

Hannah m'attrape le bras et m'entraîne vers la porte d'entrée, ignorant le fait que je travaille secrètement pour le FBI en tant qu'infirmière médico-légale.

Nous montrons nos badges à la sécurité avant d'être autorisées à traverser le hall pour rejoindre les ascenseurs.

— Regarde le beau gosse à six heures, me chuchote Hannah alors que nous approchons du long couloir où se trouvent les ascenseurs.

Il y a huit ascenseurs, quatre de chaque côté, ce qui fait que personne n'a à attendre très longtemps pour monter à son étage.

Je suppose que lorsque l'on paie vingt-cinq mille dollars de frais annuels par personne, le moins qu'ils puissent faire est de ne pas nous faire patienter longtemps pour voir notre médecin.

Je jette discrètement un coup d'œil dans la direction désignée par Hannah. Un homme avec une barbe brune, des yeux sombres et des tatouages couvrant ses bras, sa poitrine et jusqu'à son cou croise mon regard.

C'est Mikhail Barinov, ma cible.

C'est pour ça que Savannah m'a planté ce matin ? Elle l'a vu entrer dans le bâtiment en se rendant au café ?

Je ne m'attendais pas à un sms ou un appel de sa part. Mon téléphone fourni par le FBI est sur mon bureau en ville. J'ai un téléphone prépayé que le bureau m'a fourni, et Savannah a reçu l'ordre direct de ne pas utiliser ce numéro de téléphone. Les contacts entre nous doivent être maintenus au minimum.

— Canon, pas vrai ? dit Hannah avec un sourire malicieux. J'espère qu'il finira par être l'un de mes patients aujourd'hui. J'adorerais lui faire un examen physique complet.

— Je ne t'ai jamais imaginé aimer le genre mauvais garçon tatoué, dis-je.

Elle a un petit ami qui l'attend à la maison. Il est gentil, charmant, et est comptable. Il n'y a pas beaucoup de fantaisies cachées dans ce lot.

Hannah est un rayon de soleil, et Mikhail est clairement une source de problèmes.

Heureusement, elle ne fait que regarder et ne va pas lui demander son numéro de téléphone.

Les portes de l'ascenseur s'ouvrent. Hannah ferme sa bouche, je fais de même, et on entre en premier.

Mikhail entre aussi, sa veste de costume enlevée, drapée sur son bras. Il est accompagné par un garde du corps ou un de ses hommes. Il a une demi-douzaine de gardes du corps d'après les informations que j'ai étudiées avant ma mission d'infiltration.

Je ne reconnais pas spécifiquement le monsieur, mais Mikhail a fait un court séjour en prison en attendant son procès. Il est possible qu'il se soit fait de nouvelles relations et ait agrandi son empire.

Aucun des deux ne semble être blessé ou malade à première vue. Mais Mikhail et son ami pourraient aussi rendre visite à un patient.

Ou peut-être qu'il veut s'assurer qu'il n'a rien attrapé pendant qu'il était derrière les barreaux. Qui peut bien savoir pourquoi il est là aujourd'hui ?

L'homme au costume prestigieux appuie sur le bouton du troisième étage. Il y a un grand nombre de médecins et de cabinets médicaux au troisième étage. Cela ne m'aide pas à déterminer la raison de sa venue aujourd'hui.

— Tu as quelque chose de prévu pour le déjeuner ? me demande Hannah, d'humeur très joyeuse.

Bien qu'elle me parle, elle mate le chef de la bratva. Je suis sûre qu'elle n'a aucune idée de qui il est, sinon, elle la fermerait tout de suite.

— Je vais juste aller chercher des sandwichs avec ma nouvelle meilleure amie ? dis-je, en lui donnant un petit coup d'épaule. En supposant qu'on puisse se libérer pendant une heure.

Hannah glousse.

— On aura de la chance si on a une pause de 15 minutes.

Ma première mission est d'entrer en contact avec Mikhail sans avoir l'air d'en avoir envie. S'il sent que je suis désespérée, il verra clair dans mon jeu. Je dois avoir l'air sincère, c'est pourquoi il devra faire le premier pas.

C'est difficile à faire dans l'ascenseur quand il ne sait rien de moi.

Mais il m'a vu.

C'est la première étape.

Et maintenant qu'il me reconnaîtra, j'espère pouvoir gagner sa confiance.

L'ascenseur sonne, et Mikhail sort avec ses muscles, en prétendant qu'il ne nous a même pas remarqués ou reconnus notre existence.

Sauf qu'il m'a remarquée.

Son regard se plante dans le mien, et bien que je doive prétendre que ce n'est que professionnel, il y a quelque chose là. Une étincelle qui n'aurait pas dû être là, et des sentiments qui me font palpiter l'estomac et accélérer mon cœur.

Après que les doubles portes se soient refermées, je jette un coup d'œil à Hannah. Je ne peux pas lui dire qu'il appartient à une bratva, mais il donne une impression de mauvais garçon.

— Toi et les mauvais garçons tatoués ? plaisanté-je.

— Mes parents m'ont envoyé en internat. Je suppose que je suis toujours en pleine rébellion.

— Eh bien, tu ferais mieux de mettre ça de côté. Mark va te demander en mariage d'un jour à l'autre.

―――――

Je n'ai jamais été complètement sous couverture. J'ai passé une semaine avec le cartel Sanchez il y a dix-huit mois, mais je ne m'étais pas approchée de leur chef, et ce n'est rien comparé à la cruauté de la bratva.

Après le travail, je croise l'agent Blakely dehors. Savannah se fait discrète, mais au moment où nos regards se croisent, elle me donne le signal pour la deuxième étape de notre plan.

Pendant que je travaillais méticuleusement au centre médical en tant qu'infirmière, l'équipe du bureau de New York a cherché des informations sur la bratva et rassemblé des renseignements à analyser.

Je descends la rue pour rejoindre ma voiture, destinée à tomber en panne sur le chemin du retour. Le véhicule surchauffera, et le moteur rendra l'âme à quelques rues de la propriété de la bratva si j'ai de la chance.

Ils avaient choisi le jour le plus pourri, le plus froid et le plus pluvieux de l'histoire.

Des fois, mon boulot est nul.

Je sors du parking et je descends le long du trottoir. La circulation est dense, ce qui n'est pas rare à New York. Si je n'étais pas sous couverture, je prendrais normalement le métro pour rejoindre le bureau local du FBI depuis chez moi.

Mais en tant que Madisyn Taylor, je me rends quotidiennement au travail dans une voiture d'occasion que l'agence a achetée. Étonnamment, le véhicule a encore ses quatre roues, mais il a largement dépassé les trois cent mille kilomètres, et l'extérieur est une horreur avec sa rouille et la décoloration de sa peinture.

Les infirmières du centre de soins ne sont-elles pas bien payées ? On croirait que je vis sur le sous.

Est-ce l'impression qu'ils veulent donner à Mikhail ? Que je suis sans ressources pour qu'il ait pitié de moi.

J'ai mémorisé l'itinéraire pour me rendre à l'enceinte de la bratva, et le logement que je loue se trouve à quelques kilomètres de là.

La pluie s'abat sur le pare-brise, et j'actionne les essuie-glaces, peinant à voir à travers le mauvais temps qui s'installe. Je ne suis pas impatiente de découvrir ce qui va suivre.

Je suis une boule d'énergie anxieuse, que je dois contenir si je veux que tout se passe bien. Je me suis entraînée pour ce moment, être sous couverture, être capable de mentir sans être prise.

En descendant la route et en m'éloignant du trafic dense de la ville, le voyant de mon moteur s'allume. J'appuie un peu plus fort sur l'accélérateur, en espérant pouvoir arriver à destination avant que le déluge dehors ne me noie.

Le moteur crachote, et le voyant de l'huile s'allume ensuite. Le FBI voulait vraiment être certain que ma voiture tombe en panne. Le moteur émet un horrible cliquetis et rend l'âme juste au moment où je me range à quelques pas de la clôture de la propriété.

J'aurais préféré être un peu plus près. Il y a d'autres maisons à proximité, mais ce ne sont pas mes cibles.

Je sors du véhicule dans la tempête. Il ne faut que quelques secondes pour que je sois trempée. Je dégouline, je frissonne, et mes vêtements me collent à la peau.

Je me précipite vers la barrière de garde.

— Excusez-moi, dis-je.

Mes dents claquent, et je ne suis pas sûre qu'ils puissent même comprendre les mots qui sortent de ma bouche.

Le garde ouvre la fenêtre de sa cabine et la fait coulisser pour me répondre. Il est à l'abri de la pluie, sec comme un os.

— C'est une propriété privée, dit-il.

Sa voix est bourrue, et il a un gros accent russe.

— Ma voiture est tombée en panne, dis-je en pointant du doigt le véhicule qui se trouve à quelques mètres.

Je ne sais pas s'il peut le voir depuis son poste à l'intérieur de la cabine, mais il n'a pas l'air de vouloir m'aider.

— Utilisez votre téléphone.

— Il n'a plus de batterie.

Je sors mon téléphone de ma poche. C'est un vieux téléphone portable que l'agence m'a fourni, un ancien modèle qui ne ressemble pas à un téléphone jetable. La dernière chose que je souhaite est d'attirer plus de suspicion à mon égard.

Même si la batterie n'avait pas été entièrement vidée auparavant, le déluge a bel et bien tué mon téléphone. Je le montre au garde en fonction.

Il grogne et décroche son téléphone fixe.

— Je vais vous appeler une dépanneuse, grommelle-t-il.

Alors que je suis plantée là, dans le froid, frissonnante, trempée, et que la pluie continue de tomber, un 4x4 noir aux vitres teintées s'arrête devant le portail.

La vitre côté conducteur se baisse, et je reconnais l'homme rencontré plus tôt à l'hôpital, le garde du corps. Mikhail Barinov est assis sur le siège passager avant.

Le garde du corps ne dit pas un mot. Il n'a pas besoin de le faire. Ma présence suffit à exiger une explication.

— Elle dit que sa voiture est tombée en panne, répond l'homme dans la cabine.

Il ouvre le portail pour leur véhicule.

Le tonnerre gronde au-dessus de nos têtes.

Mikhail sort sous le déluge avec un parapluie et se précipite vers le côté conducteur pour m'ouvrir la portière. Il se débarrasse de son manteau de laine noir, qui est presque sec, et le drape sur mes épaules. C'est un soulagement chaleureux et bienvenu par rapport aux vêtements froids qui me collent à la peau.

— Entrez, séchez-vous, et nous vous aiderons à repartir, dit-il en ouvrant la portière arrière.

Je frissonne et tremble à cause du temps glacial. Le manteau m'empêche de salir l'intérieur en cuir avec mes vêtements mouillés.

— Merci, dis-je, et Mikhail ferme la portière avant de faire le tour du côté passager.

Le moteur ronronne tandis que le conducteur appuie sur l'accélérateur et fait avancer le 4x4 au-delà du portail ouvert.

Frissonnant, j'enfonce mes bras dans le manteau chaud et mes mains dans les poches pour me réchauffer. Mes doigts effleurent un petit objet métallique rectangulaire, une clé USB.

DEUX

Mikhail

Il pleut à torrent dehors, et une fille qui semble à peine assez vieille pour boire se tient près de mon portail.

Peut-être qu'elle a plus de vingt et un ans. C'est honnêtement difficile à voir avec ses cheveux blonds qui lui collent au corps.

On se croirait encore en hiver, sauf qu'il ne neige pas.

Où est son manteau ? Ou au moins, un parapluie ?

Il y a un véhicule abandonné à moins de six mètres, dont les feux de détresse clignotent. Il faudrait mettre fin aux souffrances de cette voiture. Elle est probablement plus âgée que la fille aux cheveux blond-vanille sur le siège arrière du 4x4.

Luka n'a pas l'air très content de la faire entrer dans la propriété, mais c'est mon ordre, et c'est moi le putain de Pakhan ici. Je prends les décisions et je dis à mes hommes ce qu'ils doivent faire.

Luka est un bon garde du corps. Il obéit à mes ordres et est loyal au possible. Il aurait épousé ma sœur et aurait eu ma bénédiction si elle n'avait pas trahi la famille. Cette petite peste traîne avec les Italiens. Elle a osé me faire arrêter et emprisonner.

Ça ne veut pas dire qu'elle n'avait pas ses raisons, mais je ne suis pas un homme ordinaire. Je dirige la bratva. Je suis le Pakhan, le chef de toute l'opération. Mon travail est ma vie, et ma famille est composée de mes hommes. Leur sang coule avec le mien.

Je ne serai pas emprisonné, et eux non plus.

Je dirige New York, et je ne laisserai rien ni personne se mettre en travers de mon chemin.

— Entrez, séchez-vous, et nous vous aiderons à repartir, lui dis-je en lui ouvrant la portière et en l'invitant à s'asseoir à l'arrière.

Ses dents claquent et sont légèrement bleues.

— Merci.

Je lui prête mon manteau, pour essayer d'éviter que la banquette arrière ne se transforme en piscine, et aider à réchauffer la fille.

Luka se gare à l'entrée du garage pour éviter que nous soyons mouillés. Après avoir fait rentrer le véhicule, il ouvre la portière arrière pour qu'elle puisse sortir.

— Venez avec moi, dis-je, en lui demandant de me suivre dans la propriété.

Normalement, je ne laisserais pas un étranger entrer chez moi. Ivan est censé s'occuper de toute personne attendant devant le portail, mais je me sens généreux, et je trouve qu'elle est super sexy quand elle est trempée.

Elle est frissonnante et frigorifiée. La fille est vulnérable. J'aime les femmes qui sont sans défense et faibles. Non pas parce que je veux leur faire du mal. Non, je ne suis pas ce genre de monstre.

Je peux les aider et leur offrir une vie qu'elles ne pourraient pas avoir en temps normal, une opportunité.

Mais cette fille ne montre aucun signe de faiblesse, si ce n'est son véhicule en panne, qui était sacrément pathétique.

— Je m'appelle Mikhail, me présenté-je en ouvrant la porte et en la faisant entrer. Vous devriez enlever vos chaussures.

Elle les enlève avec aisance. Elles sont noires et à enfiler, pratiques, ce que je n'ai pas l'habitude de voir. D'habitude, les filles qui me rendent visite portent des escarpins « fuck-me » et des bottes sexy qui se lacent jusqu'au genou.

Ses chaussettes sont trempées et font des petits bruits sous ses pieds.

— Enlevez vos chaussettes aussi. Je ne veux pas que vous salissiez tout ici, lui dis-je.

Elle s'exécute sans même un mot. Elle s'appuie contre le mur, et j'attrape son bras pour la soutenir. Je n'ai pas besoin d'une empreinte géante de fesses mouillées sur les murs.

— Votre nom, dis-je puisqu'elle ne s'est pas encore présentée.

Je suis un peu plus insistant, mais elle est concentrée sur la tâche d'enlever une chaussette à la fois.

Ses orteils sont d'un blanc affreux à cause des vêtements mouillés, ce qui est encore plus frappant par rapport à ses ongles de pieds peints en rouge vif.

— Je m'appelle Madisyn, dit-elle en claquant des dents.

Je la maintiens sur ses pieds après qu'elle ait enlevé ses chaussettes.

— Vous êtes trempée et devriez enlever vos vêtements, dis-je.

Je l'aide à enlever le manteau que je lui ai prêté, et elle ne s'y oppose pas.

Va-t-elle s'y opposer lorsque je lui dirai qu'elle doit tout enlever devant moi ? Je ne peux pas prendre le risque qu'elle soit une flic ou une fille portant un micro pour obtenir des informations pour me renvoyer en prison.

Je fais tout ce que je peux pour changer ma vie. Eh bien, rester hors de prison en tout cas. Ce n'est pas comme si j'allais commencer à faire de bonnes actions et être un bon gars et toute cette merde.

Ce n'est pas comme ça que je fonctionne.

Luka nous suit à l'intérieur. Il jette un bref coup d'œil à Madisyn avant de traverser le couloir sans même dire un mot.

Il sait qu'il doit se taire, mais il n'est pas du tout ravi que j'aie fait entrer une étrangère dans ma maison.

Eh bien, c'est ma maison, et je peux inviter qui je veux à rentrer. De plus, la fille est pratiquement sans défense et tomberait en hypothermie avant qu'une dépanneuse n'arrive.

Le soleil commence à se coucher, et la pluie va sans doute se transformer en verglas. Ils prévoient une tempête de verglas ce soir.

La jeune fille blonde souffle doucement après que j'ai enlevé son manteau mouillé.

— Venez avec moi, lui dis-je en lui ordonnant de me suivre.

Sans rien dire, elle m'accompagne dans le couloir et s'arrête lorsque je commence à monter l'escalier.

— Où m'emmenez-vous ? demande-t-elle.

Je m'arrête à la troisième marche et me retourne pour lui faire face.

— Il faut que vous enleviez ces vêtements mouillés.

Les cheveux de Madisyn sont mouillés et emmêlés contre sa peau. Ses vêtements lui collent au corps, rendant son soutien-gorge transparent et me donnant une vue généreuse de ses seins à travers la chemise blanche en coton.

Elle s'entoure de ses bras et frissonne.

— Suivez-moi ou je vais vous porter, lui dis-je.

Ses sourcils se crispent, et elle ouvre la bouche comme si elle allait faire une remarque insolente. Mais à la place, elle grogne sa réponse.

— Bien.

Madisyn me suit dans les escaliers, et je l'escorte dans ma chambre. D'habitude, je fouillerais la fille pour m'assurer qu'elle ne cache pas une arme ou qu'elle ne porte pas de micro, mais il est évident qu'il n'y a pas grand-chose sous ses vêtements.

Quand même, étant un patron de la bratva, on n'est jamais trop prudent.

— Déshabillez-vous, ordonné-je.

— Quoi ? Ses ongles s'enfoncent dans ses avant-bras, ses mains sont crispées.

— Vous devez enlever vos vêtements mouillés, et je dois m'assurer que vous ne cachez pas une arme, dis-je.

Je renonce à la partie où je veux m'assurer qu'elle ne porte pas de micro. Il n'y a aucune raison de l'effrayer. Elle n'a aucune idée de ce que je fais dans la vie.

Je traverse la pièce d'un bout à l'autre et ouvre le tiroir, récupérant un t-shirt noir et un pantalon de survêtement. Ils seront trop grands pour elle, mais il y a un cordon qu'elle peut utiliser pour les resserrer un peu.

En attendant, je peux demander à un de mes hommes de mettre ses vêtements dans le sèche-linge pendant qu'elle se réchauffe à l'intérieur de la maison.

— Je peux utiliser la salle de bain ? demande-t-elle en tendant une main vers les vêtements que j'ai pris dans la commode.

— Non. Je ne plaisantais pas à propos de l'arme.

— Je ne plaisantais pas sur le fait de me changer dans les toilettes, dit Madisyn.

Il y a un feu dans son regard, et je déteste admettre que j'aime beaucoup ça. Il est rare que quelqu'un me défie, et encore plus rare que ce soit une femme.

Mon regard passe à nouveau sur ses vêtements mouillés.

— Vous étiez au centre médical aujourd'hui, dis-je, la reconnaissant dans l'ascenseur.

— Je suis infirmière, dit Madisyn.

— Alors vous savez que c'est strictement professionnel et vous pouvez vous détacher de la situation.

Sa mâchoire se décroche, surprise par ma remarque.

— Vous n'êtes pas sérieux ? Je ne vais pas me changer devant vous.

— Alors je suppose que vous n'aurez pas de vêtements secs.

Elle frissonne. Elle a la chair de poule sur les bras, et ses lèvres sont bleutées.

La fille essaie probablement d'avoir des pensées chaleureuses, de prétendre qu'elle a chaud, mais il y a des signes évidents de sa détresse, et elle finira par succomber à mes exigences.

— Bien, dit-elle en se tournant vers la porte du couloir.

Bon sang, elle est têtue !

Je grogne et jette ma tête en arrière.

— Madisyn ! ma voix résonne et retentit.

Un frisson la parcourt, visible alors qu'elle se tient dans l'embrasure de la porte, dos à moi. Je ne pense pas que ce dernier frisson soit dû au froid, mais le reste l'est probablement. Elle claque des dents.

— Déshabillez-vous, ou je vous déshabille moi-même, dis-je et je traverse la pièce, avant de claquer la porte de la chambre. Contente ? Maintenant vous avez de l'intimité.

Mes gardes n'ont pas besoin de la voir nue, mais je dois m'assurer qu'elle ne porte pas quelque chose qu'elle ne devrait pas.

Sa lèvre inférieure tremble. Je suppose que c'est le froid, et elle est plus bleue que lorsqu'elle est entrée pour la première fois dans la propriété. L'endroit est bien chaud, mais avec ses vêtements glacés et humides qui lui collent au corps, elle n'a aucune chance de se réchauffer.

Ses mains se déplacent vers l'ourlet de sa chemise, mais elle tremble. Cela prendra toute la nuit à ce rythme, et je ne suis pas un homme patient.

Je m'approche d'elle, mes mains chaudes contre sa peau glacée. Je laisse mes doigts couvrir les siens et je guide sa chemise et ses mains vers le haut et au-dessus de sa tête.

Elle couvre ses seins dès que la chemise est dans mes mains et enlevée de son corps.

— Vous allez devoir enlever ça aussi. Tout ce que vous portez qui est mouillé ne vous aidera pas à vous réchauffer, dis-je.

Madisyn presse ses lèvres l'une contre l'autre et me regarde. Elle sent comme la pluie, comme dehors.

J'expire lourdement. Son parfum est enivrant et fait battre mon cœur dans ma poitrine.

— Le soutien-gorge s'enlève. Comme votre jupe et votre culotte.

— Vous ne pouvez pas au moins regarder ailleurs ? Vous pouvez voir que je ne porte pas d'arme, dit-elle.

— Je ne suis pas un gentleman, l'avertis-je.

Ça ne sert à rien de faire semblant d'être quelqu'un que je ne suis pas.

La couleur revient sur ses joues, mais je ne sais pas si c'est de la gêne ou de la colère. Elle semble découragée et passe la main derrière elle pour dégrafer son soutien-gorge, tenant la fine dentelle beige dans ses mains. Madisyn baisse sa jupe, puis sa culotte, laissant tomber ses vêtements trempés sur le sol.

— Je peux avoir quelque chose de sec à porter maintenant ? Il y a une pointe de colère dans son ton.

Je souris et me dirige vers ma salle de bain, récupérant une serviette propre et sèche pour qu'elle puisse se sécher correctement avant de lui remettre les vêtements qu'elle pourra porter jusqu'à ce que les siens soient secs.

En me baissant, je ramasse ses vêtements mouillés.

— Restez ici, ordonne-je en me glissant dans le couloir.

Nikita monte les escaliers.

— Tout va bien, patron ? demande-t-il.

Maintenant, le fait que j'ai fait entrer un animal errant a probablement atteint les oreilles de tout le monde.

— Mets ça dans le sèche-linge. Il y a aussi une paire de chaussettes à l'entrée du garage qui doit y aller.

— Bien sûr, monsieur. Autre chose ?

— Je veux que tu vérifies le profil de la fille, Madisyn.

— Aucune chance que vous ayez un nom de famille ? Ma demande n'amuse pas Nikita.

Eh bien, c'est la merde. Je ne veux pas qu'il soit évident que je me renseigne sur elle. La croiser deux fois dans la même journée me semble être un peu plus qu'une coïncidence.

Je souhaite avoir tort.

— Elle est infirmière à Steele Concierge Medical. Je suis sûr que l'on peut se renseigner sur le personnel sur leur site web : cheveux blonds, yeux marron foncé. Luka l'a vue. Montre-lui toutes les photos que tu vois.

— Je m'en occupe.

Nikita prend les vêtements et descend les escaliers. J'attends une seconde avant de retourner directement dans ma chambre.

Madisyn a déjà mis le t-shirt noir et monte la taille du pantalon de survêtement quand j'entre. Elle serre le cordon, ce qui fait que le pantalon lui va mieux que je ne l'imaginais. Il est toujours plusieurs tailles trop grand pour elle, mais elle est superbe dans mes vêtements.

— Un de mes employés a mis vos vêtements dans le sèche-linge. Pourquoi ne pas descendre et appeler une dépanneuse ?

— Ce serait génial.

J'ouvre la porte de la chambre, elle me suit et descend les escaliers. Je l'emmène dans le bureau et laisse la porte ouverte.

Il y a un téléphone fixe dans le bureau et un autre dans la cuisine. Ils sont rarement utilisés, et j'ai plusieurs fois envisagé de couper la ligne, mais l'argent n'est pas un obstacle.

— Je suppose que vous n'avez pas d'annuaire téléphonique ? demande-t-elle en riant.

— Je n'arrive pas à croire que vous êtes assez vieille pour savoir ce que c'est, dis-je en la regardant. (Je sors mon téléphone portable de ma poche.) Je vais vous donner un numéro que vous pouvez appeler. C'est un ami.

— Merci.

TROIS

Madisyn

L'illusionnisme. N'est-ce pas ainsi que les magiciens empêchent que leurs tours soient révélés ? Apparemment, je ne suis pas trop mauvaise à ça non plus.

Mon cousin m'a offert un kit de magie pour mon septième anniversaire, et il s'avère que c'est le meilleur cadeau que j'ai jamais reçu.

La clé USB passe de ma main à ma paume, puis au bout de mes doigts. Heureusement, elle est incroyablement petite, et Mikhail n'a pas remarqué que je l'avais en ma possession alors qu'il fouille chaque centimètre de mon corps.

Je dois en faire quelque chose et la mettre quelque part jusqu'à ce que je parte, ce qui pourrait prendre un certain temps. Je suis censée appeler l'agent Lexington sur un numéro qui est routé pour apparaître comme une dépanneuse si quelqu'un enquête sur l'appel.

Sauf que Mikhail me donne le numéro de quelqu'un qu'il connaît, et si son ami se montre, comment vais-je expliquer la situation ? J'ai besoin de me rapprocher de Mikhail, pas de griller ma couverture à la première occasion.

Je compose le numéro que Mikhail m'a donné et j'attends que quelqu'un réponde. Sauf que ça sonne sans fin. Je secoue la tête.

— Ça ne fait que sonner. J'ai perdu le compte du nombre de fois où la sonnerie a retenti, mais ils n'ont pas de messagerie vocale pour laisser un message.

Le soulagement m'envahit.

— Avez-vous un autre numéro ? Quelqu'un d'autre qu'on pourrait appeler ? suggère-je, en espérant qu'il morde à l'hameçon.

— Je vais lui envoyer un message, dit Mikhaïl, et me fait signe de raccrocher le téléphone.

Mes cheveux sont encore humides et collent à mon t-shirt propre et sec, ce qui me donne froid. Il y a une cheminée sur le mur opposé, mais elle n'est pas allumée.

Je m'approche de la cheminée. Il y a de fausses bûches, et elle ressemble à une cheminée à gaz.

— Est-ce qu'elle fonctionne ? demandé-je, en espérant qu'elle produise de la chaleur.

J'ai encore froid à cause de la pluie. Ça n'aide pas que mes cheveux soient humides. Je frotte mes mains l'une contre l'autre, pour essayer de me réchauffer.

Mikhaïl traverse l'espace qui nous sépare et attrape l'interrupteur sur le mur. Immédiatement, le feu prend vie.

Il y a une chaleur qui irradie des fausses flammes. L'odeur me chatouille le nez. Il y a une faible odeur de gaz, mais elle semble se dissiper après quelques secondes.

— Merci, dis-je.

Il attrape un plaid rangé dans un tiroir et le drape sur mes épaules comme un châle.

— Vous devriez aussi emprunter ça pour un moment, dit-il.

Alors que son comportement est bourru, ce simple acte de gentillesse semble presque contre nature. Mais je prends quand même le plaid. Je suis gelée, et il m'offre un peu de chaleur pour me mettre à l'aise.

— Je dois admettre que... La voix de Mikhail est basse et rauque.

Il croise ses bras sur son torse. Son regard se fixe sur moi.

J'attends qu'il continue et resserre le plaid autour de moi. Mes mains s'agrippent à l'étoffe bleu marine qui gratte.

— Je me serais attendu à ce que Steele paie mieux ses infirmières.

Je tremble à cause de la froideur de l'air et de ses paroles glaciales.

— Que voulez-vous dire ?

Comment sait-il ce que je gagne ? Ou ce que je suis censée gagner.

— Cette voiture minable dehors, dit Mikhail en faisant un geste du pouce vers l'avant du bâtiment où je suis tombée en panne.

— Je n'ai pas le meilleur capital, dis-je en trouvant une excuse aussi vite que possible. Et en plus des paiements mensuels, les intérêts sont tout simplement abominables.

Il laisse échapper un léger soupir, et son regard se rétrécit.

— Eh bien, alors vous feriez mieux d'apprendre à payer vos factures à temps. Vous ne pourrez pas vous rendre au travail avec ce tas de ferraille devant chez moi.

— Je vais payer pour la faire remorquer, dis-je.

— Vous allez payer, mais pas avec de l'argent, dit Mikhail.

Je n'arrive pas à croire qu'il ait autant de culot ! Il pense que je vais finir dans son lit parce que je suis sous son toit ?

— Excusez-moi ?

Je retire le plaid, je n'ai plus froid.

Non, je bouillonne. Folle de rage, je franchis la distance qui nous sépare et je me retrouve face à face avec lui. Mes mains sont serrées en poings, et je pousse le plaid vers sa poitrine.

— Vous m'avez entendu, dit Mikhail, un rictus sur le visage. Vous entrez chez moi, portez mes vêtements et utilisez mon téléphone. Vous pouvez vous attendre à me devoir quelque chose en retour.

— Vous devoir quelque chose ? (Je suis consternée par sa suggestion, et c'est bien normal.) Je m'en vais, dis-je en le dépassant pour aller vers la porte ouverte du couloir.

Mikhail m'attrape par le bras.

— Vous n'irez nulle part sans ma permission.

— Pardon ? (Pour qui se prend-il ? Je tire sur mon bras et tente de me libérer de son emprise, mais sa prise sur moi se resserre.) Laissez-moi partir, j'enrage.

Son regard assombri glisse le long de mon corps.

— Et vous allez aller où, exactement ? Vos chaussures sont trempées. Vos vêtements sont dans mon sèche-linge. Et si vous avez oublié, il pleut toujours dehors. Les rues sont verglacées à l'heure qu'il est, et personne ne viendra vous chercher, dit Mikhaïl.

Mes épaules s'affaissent à ses mots.

Vaincue.

J'ai l'impression qu'il me traite comme une enfant, qu'il me reproche d'avoir fait une sorte de crise de colère. Sauf que ce n'est pas une crise de colère. C'est moi qui essaie de m'éloigner du monstre qui me surplombe.

Il bloque ma sortie, son corps est assez grand pour m'empêcher de le dépasser et de sortir dans le couloir.

— Je marcherai jusqu'à chez moi, dis-je en fixant son regard froid. Je n'ai pas peur d'un peu de pluie.

Pense-t-il que je vais fondre ?

— C'est glacial et dangereux dehors, me rappelle Mikhail. Vous avez de la chance que votre voiture soit tombée en panne et que vous ne vous soyez pas plantée dans quelque chose dehors. Suivez-moi.

Il attrape ma main et me tire hors du bureau.

Je voulais quitter cette pièce, mais maintenant qu'il a le contrôle et qu'il me traîne dans son énorme maison, je ne veux pas le suivre.

— Lâchez-moi !

J'essaie d'échapper à son emprise, mais ses mains sont massives, et il est fort. Quelques techniques que j'ai apprises à l'académie de Quantico pourraient le mettre à terre, mais je ne veux pas qu'il se doute que je suis un agent fédéral.

Au lieu de cela, il ne me reste plus qu'à être traîné par ce mammouth d'homme. Velu. Bestial. Et pas le moins du monde agréable à côtoyer.

—Vous pourriez dire « merci, Mikhail », dit-il en se moquant de moi. Je vous ai sauvé la vie, me grogne-t-il, et je frissonne.

Il y a un sourire qui brille dans ses yeux, une lueur d'humour et de joie derrière son regard sombre.

— Merci, murmuré-je tout bas.

— Voilà, c'était si dur que ça ? Il lâche ma main car son téléphone vibre dans sa poche, et je m'éloigne de lui.

Soit Mikhail ne semble pas se soucier du fait que je me sois éloigné de lui, soit il est trop occupé à lire ses messages sur son téléphone pour le remarquer. Je regarde vers la porte. Je pourrais filer dehors et aller où, exactement ?

Est-ce qu'il me poursuivrait ? S'il le fait et que l'un de mes collègues vient me chercher, alors tout ce qui s'est passé n'aura servi à rien.

Je dois juste gérer Mikhail un peu plus longtemps. Le faire emprisonner fera que tout ce que j'ai fait en vaudra la peine à la fin.

Il remet son téléphone dans sa poche, satisfait du message envoyé.

— La dépanneuse sera là demain matin. Il a déjà reçu une demi-douzaine d'appels à cause du verglas sur les routes. Vous dormez ici ce soir.

Ma bouche s'assèche, et mes mains picotent, mais je pense que c'est parce que j'ai encore un peu froid. Le fait de m'être éloignée de la cheminée et de ne plus avoir la couverture autour de mes épaules me met mal à l'aise.

J'aurais dû demander un sweat-shirt ou quelque chose à manches longues à porter. La maison est énorme et, à cause de cela, froide. Mes pieds sont nus contre le sol, et une paire de chaussettes ou de pantoufles m'aurait été utile, quelque chose pour me tenir chaud.

— Je suis sûre que je peux appeler un taxi ou un service de covoiturage et retourner chez moi, dis-je.

Je n'ai pas besoin qu'il me dise ce que je peux ou ne peux pas faire. C'est un inconnu, et même si je suis censée me rapprocher de lui, apprendre à le connaître et gagner sa confiance, ce ne sera pas en suivant ses ordres.

Je ne suis pas un de ses soldats.

Je ne suis pas russe ni bratva.

Il secoue la tête en se pinçant l'arête du nez.

— Vous ne pouvez pas simplement dire merci quand quelqu'un essaie de faire quelque chose de gentil pour vous ? demande Mikhail.

Il me dévisage.

Mon souffle se bloque dans ma gorge, et il se rapproche. Le plaid que je lui ai tendu plus tôt est toujours dans une de ses mains. Il lève les bras et enroule la laine qui gratte sur mon dos et autour de mes épaules.

— Vous ressemblez à un stalactite, dit-il.

— Une paire de chaussettes ne me ferait pas de mal.

Il hausse un sourcil. Il semble surpris par ma remarque.

— La fille qui insiste pour partir veut quelque chose de ma part, dit-il.

Je ne sais pas à qui il parle. Ses hommes semblent s'être dispersés au moment où nous sommes entrés ensemble dans le couloir.

Mikhail est moins brusque lorsqu'il attrape mon bras à travers le plaid et me reconduit dans le bureau. La chaleur de la cheminée est beaucoup plus évidente, puisque celle-ci est restée allumée ces dernières minutes.

Je me dirige vers la cheminée.

— Restez ici, dit-il. Je vais vous trouver une paire de chaussettes.

— Et un sweat-shirt ? demandé-je.

— Je vais voir ce que je peux faire, dit Mikhail.

Il se tourne et se glisse dans le couloir. L'un de ses hommes, Luka, celui de tout à l'heure dans le véhicule, attire son attention.

Ils se mettent à l'écart, à voix basse. J'essaie d'écouter discrètement leur conversation, mais ce n'est pas facile à plusieurs mètres de distance. Si je me rapproche, je pourrai peut-être entendre un bout de la discussion, mais Mikhaïl se demandera forcément pourquoi je ne suis pas près du feu.

D'une main, je garde le plaid fermé et la clé USB dans ma main, et de l'autre, je laisse le feu me réchauffer.

Je me retrouve seule. Les deux hommes s'affairent dans le couloir, et je ne sais pas si Mikhail monte les escaliers pour me prendre une paire de chaussettes ou s'il accompagne Luka pour faire autre chose à la place.

Ce n'est pas comme si Mikhail me faisait confiance. Je ne peux pas sortir et lui demander ce qui se passe. On est des inconnus. J'ai de la chance qu'il ne me jette pas dehors dans la tempête.

Je regarde par la fenêtre. C'est difficile de voir quoi que ce soit. Une couverture d'obscurité entoure la propriété.

— Je vous ai apporté quelque chose, dit Mikhail. (Il tient une couverture et un oreiller.) Vous pouvez dormir ici, près du feu, dit-il.

Il apporte les objets sur le canapé et les pose, en fermant les rideaux.

— Je n'ai pas droit à une chambre ? La maison est énorme. Il a forcément une ou deux chambres en plus qui ne sont pas utilisées pour la nuit.

Il soupire et empiète sur mon espace vital, me volant la chaleur du feu et m'empêchant de voir la lueur ambrée.

— Vous avez ce que je vous donne, dit-il durement.

Je jette un coup d'œil au canapé. Il y a de pires endroits où je pourrais me trouver en ce moment, y compris sous la pluie ou en train d'essayer de rentrer chez moi avec du verglas sur les routes.

— Le canapé est acceptable.

— Bonne fille, dit-il avec un sourire en coin. Je vais demander à un de mes hommes de vous trouver une paire de chaussettes et un sweat-shirt à porter. En attendant, notre chef privé a préparé le dîner. Vous êtes la bienvenue pour vous joindre à moi.

Je n'ai pas faim. Être sous le toit de la bratva a fait grimper mon adrénaline et m'a fait perdre l'appétit.

— Je pense que je vais juste aller me coucher.

Les sourcils de Mikhail se froncent, et il regarde sa montre comme s'il voulait vraiment s'assurer qu'il ne perd pas la tête.

— C'est absurde. Vous allez me rejoindre pour le dîner. Ce n'est pas une question.

Il est irritant. Je lui accorde ça.

— Quel genre d'hôte serais-je si je ne nourrissais pas mon invitée ? demande Mikhail.

Je fais une pause. Il a raison. Il ne sait pas qui je suis, que je suis prudente avec lui parce que je sais que c'est un monstre qui a tué des hommes et menacé des enfants et leurs familles.

Prendre quoi que ce soit de lui est dangereux, et l'idée qu'il puisse m'empoisonner n'est pas du tout rassurante. Mais quel choix ai-je ? Il va devenir méfiant si je ne mange pas, et je hais devoir admettre que j'ai faim.

— Merci.

Je force un sourire à se dessiner sur mes lèvres, et il m'escorte hors du bureau et dans le couloir jusqu'à la salle à manger.

Il y a une table élégante, avec de la vaisselle pour deux. Attendait-il de la compagnie ?

— Et vos hommes ? demandé-je. Ils ne mangent pas avec vous ?

— Ils dînent quand j'ai fini, dit Mikhail. Au moins pour ce soir.

Je serre les lèvres, et mon regard se crispe.

— Ce n'est pas un rencard, dis-je.

Je ne veux pas qu'il se fasse des idées dégoûtantes sur ce qui pourrait se passer entre nous.

— Je n'en rêverais même pas.

Il m'escorte jusqu'à ma chaise et la tire en arrière, attendant que je m'assoie.

Je ne suis pas très bien habillée, avec un sweat et un t-shirt, alors que Mikhaïl porte un costume noir profond. Il est impressionnant, bien qu'effrayant, mais il y a quelque chose en lui que je trouve assez inhabituel, d'une manière agréable.

Il pousse ma chaise, et je retiens mon souffle, surpris par ce geste.

Mikhail se penche et son souffle me chatouille l'oreille alors qu'il se tient derrière moi.

— Détendez-vous, je ne mords pas.

Mais il pourrait. C'est le genre d'homme qui arracherait l'oreille d'un autre si on lui donnait une raison. Peut-être qu'il n'a même pas besoin d'une raison. Les hommes comme Mikhail gagnent du pouvoir par la peur et la violence.

Mes pieds sont fermement plantés sur le sol. Je n'ai toujours pas de chaussettes, et le sol est frais contre mes orteils. Je me suis habituée au froid, aux poils légers, semblables à des plumes, qui se dressent sur mes bras.

— Je ne pensais pas que vous le feriez, dis-je.

Je ne veux pas qu'il voie la peur. Il tire probablement son pouvoir de la terreur qu'il inspire. Mon équipe sait que je suis là. Ils ne laisseront rien m'arriver.

Sauf que je n'ai pas de micro. Il n'y a pas de caméras ou de dispositifs d'écoute implantés dans le bâtiment. Personne ne peut me voir ou m'entendre si j'appelle à l'aide.

Je suis profondément infiltrée, et il n'y a pas d'issue.

— Vous semblez distraite, dit Mikhail.

— Juste dépassée, dis-je.

Ce n'est pas un mensonge.

— Comment ça ? demande-t-il en ouvrant une bouteille de vin rouge sur la table. (Il se verse un verre et me regarde.) Vous avez vingt et un ans, n'est-ce pas ?

Je doute qu'il se soucie de savoir si j'ai l'âge de boire ou non, mais j'apprécie le compliment.

— Bien plus.

Sa remarque suffit à détendre l'atmosphère pendant un moment, et il me verse un verre.

— Merci.

J'ai envie de prendre le verre et d'avaler le liquide rouge foncé, mais j'attends que Mikhaïl y goûte en premier.

Non pas que je pense qu'il est empoisonné. Je ne veux juste pas avoir l'air impolie.

Il tire la chaise en bois et prend place à l'autre couvert sur la table. Il n'y a pas encore de nourriture. Je suppose que son personnel va nous l'apporter.

— Que faites-vous dans la vie ? demandé-je.

Je ne m'attends pas à ce qu'il soit franc et me confesse tous ses péchés, mais n'importe quelle fille ordinaire serait curieuse, vu la taille de sa maison et sa supposée fortune.

— Vous voulez dire comment je peux me permettre tout ça ? demande-t-il en montrant la maison d'un geste.

Il lève son verre et fait tourner le vin, sentant l'arôme parfumé avant de goûter.

J'ai toujours pensé que l'on faisait ça avant de servir deux verres pleins, mais l'homme est remarquable. Ça c'est sûr.

Il inspire profondément le parfum avant de porter le verre à ses lèvres.

Je tends la main pour prendre le mien et le goûter. Il est sec mais n'a pas d'arrière-goût amer. C'est un vin étonnamment décent.

— Je suis un homme très chanceux, se vante Mikhail. Mais assez parlé de moi. J'aime tout savoir sur mes invités. Dites-moi tout sur vous.

J'expire nerveusement. J'ai une bonne couverture, je dois juste la rendre crédible.

QUATRE

Mikhail

C'est le matin, et je grogne, mécontent de l'heure matinale. Le soleil ne s'est pas encore levé, ou s'il s'est levé, il est enfoui sous la masse de nuages à l'extérieur.

Le temps est-il encore mauvais et les routes glacées ?

Je sors du lit, me douche et m'habille pour la journée.

La journée d'hier a été intéressante, avec Madisyn. C'est une fille que je n'arrive pas à me sortir de la tête, mais je devrais. Je n'ai pas besoin qu'une petite distraction sexy se mette en travers de mon travail.

De plus, je ne suis pas un homme qui s'attache à quelqu'un, encore moins qui s'engage dans une relation.

Le sexe est quelque chose que je peux gérer et que je fais plutôt bien, mais je n'ai pas besoin d'intimité ni des contraintes qui y sont liées. Et les enfants, que Dieu m'aide si je dois en voir un autre sous mon toit.

Avant d'être incarcéré, ma sœur avait vécu chez moi avec ses deux enfants, des faux jumeaux, Sophia et Liam. Des petits morveux odieux, qui s'attiraient tous les ennuis qu'ils pouvaient trouver. Elle et ses jumeaux se sont enfuis avec les Italiens, elle a probablement épousé le mec maintenant.

Je ne suis pas proche d'elle.

Comment pourrais-je l'être avec sa trahison qui me saigne de l'intérieur ? Elle a témoigné contre moi et a essayé de me faire emprisonner.

Enfin, elle m'a techniquement fait enfermer jusqu'à ce que je sois libéré quand le jury n'a pas rendu de verdict.

Ouais, je l'ai fait, m'assurant que je n'allais pas rester derrière les barreaux dans une petite cellule pour le reste de ma vie. L'argent et le pouvoir me permettent d'obtenir ce que je veux.

J'ouvre les rideaux d'un coup sec, jetant un coup d'œil dehors. Le soleil est levé, mais il est enfoui derrière des nuages gris et fumants.

Il y a de la glace sur les arbres, et les branches sont lourdes. Nous avons encore de l'électricité, ce qui est toujours une préoccupation avec les tempêtes d'hiver quand le courant peut se couper. La propriété est mise à jour, modernisée, mais pas neuve.

Cet endroit a été construit à la fin du XVIIIe siècle. Il a été agrandi, transformé, et entretenu. Mais les lignes électriques viennent toujours de l'extérieur. Elles ne sont pas enterrées dans ce quartier.

Nous avons un générateur à l'arrière si nous en avons besoin, ce qui aide nos systèmes de surveillance, gère le réfrigérateur, le deuxième congélateur et d'autres systèmes dans la propriété. Cependant, ce n'est pas une structure sans faille.

Il y a un bref coup à la porte.

— Oui ? lancé-je, en attendant une réponse.

Nikita ouvre la porte et entre dans ma chambre.

— Monsieur, vous avez demandé des informations sur la fille, Madisyn Taylor.

— Tu vois, tu as été capable de trouver son nom de famille. (Je souris, heureux de la détermination de Nikita à rassembler mes informations comme demandé.) Qu'est-ce que tu as trouvé ?

— Pas grand-chose. C'est une nouvelle recrue, mais ses antécédents ont été vérifiés. Elle a travaillé dans un hôpital pendant les sept dernières années dans l'Ohio. J'ai appelé l'établissement pour m'assurer que son passé professionnel est vrai.

— Autre chose ?

Je n'ai pas besoin de connaître les détails tant qu'il n'y a pas de problème. Elle a mentionné pendant le dîner qu'elle avait récemment déménagé en ville, mais je n'avais pas réussi à lui faire dire d'où elle venait.

— Elle est infirmière, mais vous le saviez déjà. Je ne pense pas que ce soit une si mauvaise idée de la garder dans le coin, dit Nikita en donnant son avis. Nous pourrions avoir besoin d'une infirmière de garde locale en cas de difficultés.

L'idée m'a effectivement traversé l'esprit, mais elle n'est pas médecin, et son niveau de compétences, son utilité et sa loyauté n'ont pas été prouvés.

— On a la clinique pour ça, dis-je, en lui rappelant notre lourd investissement dans l'organisation.

Nous ne payons pas seulement un montant mensuel. Nous sommes aussi actionnaires pour assurer notre vie privée et pour savoir qui est accepté comme clientèle. Nous ne voulons pas que la mafia italienne ou le cartel colombien se présentent sur le pas de notre porte. Ils peuvent chercher de l'aide ailleurs, comme à l'hôpital ou à la clinique locale.

— Dr. Gracie Steele ? demande Nikita, en levant un sourcil. Cette femme est une personne honnête. Si elle a le moindre soupçon de problème, elle ira directement voir les flics.

— Elle ne le fera pas.

Bien que le Dr Steele soit un chirurgien et un médecin renommé, elle est occupée par sa clinique, recevant des patients, s'occupant des aspects administratifs, et tout simplement submergée par les tâches quotidiennes. Cette femme ne remarquerait pas si nous partagions un ascenseur et que l'un de nos hommes avait une blessure par balle.

Elle est préoccupée mais pas idiote. Je l'accorde à Nikita, mais le Dr Steele n'est pas un médecin qu'on peut appeler pour une visite à domicile.

Je fais confiance à son sens du secret médical et de l'intimité dans la clinique, pas chez moi.

— Bien, on va prendre le numéro de Madisyn et garder nos options ouvertes, mais seulement si c'est une urgence. Je n'aime pas faire entrer des animaux errants et les nourrir, dis-je.

— N'est-ce pas ce que vous avez fait la nuit dernière ?

— Ferme-la, grogné-je à Nikita. (Il devrait surveiller son ton s'il ne veut pas être réprimandé et se voir confier le nettoyage des toilettes ou d'autres tâches qu'un garçon à tout faire pourrait accomplir.) Tu peux disposer.

J'en ai assez de discuter avec lui et je veux qu'il sorte de ma chambre.

— Il y a un autre problème. Mlle Madisyn a besoin d'un chauffeur pour aller travailler ce matin.

J'expire un grand coup et je prends mon téléphone sur la table de chevet. Il y a deux messages manqués d'Andrei, l'associé qui possède le magasin de pièces détachées en ville. C'est l'homme que j'ai tenté de faire appeler par Madisyn hier soir, mais il était occupé par d'autres véhicules qui étaient prioritaires.

— Je vais m'en occuper. Dis-lui que je serai là dans 5 minutes, dis-je en laissant Nikita partir.

Il quitte la pièce sans rien dire, fermant la porte en sortant.

J'appelle Andrei, attendant qu'il réponde à l'appel.

— Mikhail, dit Andrei, reconnaissant mon numéro. Tu as fait la grasse matinée ? Tu as eu une petite nuit ? plaisante-t-il, sous-entendant que j'ai couché avec Madisyn.

Je grogne à sa supposition.

— Ce ne sont pas tes affaires, dis-je avec un grognement hâtif. (Une main se resserre sur le téléphone portable, l'autre se transforme en poing à mon côté.) Tu as remorqué sa voiture ?

Je fulmine entre mes dents serrées.

Andrei et moi nous entendons généralement bien. Je ne l'aurais pas contacté si ce n'était pas le cas, mais je n'ai pas besoin qu'il fasse des suppositions car c'est un con.

— Je suis passé devant ce matin, mais quelqu'un d'autre l'avait déjà prise, dit Andrei.

— Une autre société de dépannage ?

Elle l'avait garée sur le côté de la route. Cependant, il y avait un panneau d'interdiction de stationner pas loin.

— Sûrement. De toute façon, si tu me donnes le numéro de la plaque, je peux passer des coups de fil pour savoir qui l'a remorquée.

Je jette mes vêtements sales dans le panier à linge et je sors de la chambre en fermant la porte derrière moi.

— Je t'envoie le numéro de plaque dès que je l'ai. Merci, Andrei. Je raccroche et descends les escaliers en direction du bureau.

Madisyn est assise sur le canapé, la couverture serrée autour de sa taille.

— Vous avez bien dormi ? lui demandé-je.

— Oui, la cheminée a gardé la pièce bien au chaud, dit-elle.

Elle tient une tasse chaude et fumante, je suppose que c'est du café. Un de mes gardes a dû lui apporter. Ses vêtements séchés sont également au pied du canapé, pliés et prêts à être enfilés.

— A quelle heure devez-vous aller travailler ? demandé-je. Je peux vous déposer ce matin.

— Ce n'est pas nécessaire, dit-elle, ses joues rougissant.

Je fais un pas de plus. Pourquoi rougit-elle ? Qu'est-ce qu'elle a à cacher ?

— Comment comptez-vous vous rendre au travail ce matin, sinon ? A moins que vous n'ayez un jour de congé ?

Elle porte la tasse à ses lèvres et en boit une gorgée.

— Non, je dois prendre mon service. J'espérais juste que le temps était assez mauvais pour que je puisse avoir un jour de congé.

— C'est déjà arrivé ?

Je ne peux pas croire qu'une infirmière ait droit à des congés pour cause de mauvais temps. Peut-être des gardes plus longues lorsque le personnel a du mal à se rendre au travail, mais il n'y a pas de jours de neige ou de routes verglacées où le service est fermé ou ouvre tard.

Elle sourit dans sa tasse.

— Jamais. Ça vous dérange si j'utilise la salle de bain pour me changer ?

— Je préfère que vous vous déshabilliez devant moi, dis-je.

Ses yeux se plissent, et elle sourit en secouant la tête.

— Un seul show est votre limite. Retenez-le, dit-elle en se levant.

Elle boit une gorgée, terminant les dernières gouttes de son café avant de pousser sa tasse vide vers mon estomac, me forçant à la prendre dans mes mains.

Il y a un petit quelque chose chez elle aujourd'hui, un air de résistance qu'elle ne m'a pas montré hier. C'est amusant à regarder, de la voir essayer de prendre le contrôle alors qu'elle n'en a aucun sous mon toit.

C'est moi qui commande dans la propriété, et tout le monde le sait très bien.

Mes hommes le savent tous, et tous ceux qui ont été associés avec moi en tant que bratva comprennent que je suis le patron.

Mais elle n'est pas consciente du sombre monde caché juste sous son nez. C'est tentant, honnêtement, de lui montrer un petit aperçu, et de voir comment elle réagit.

Comme lui donner un avant-goût du fruit défendu.

Madisyn se penche sur le canapé pour attraper ses vêtements de la veille. Ils ont été mis dans le sèche-linge après le déluge, mais ils ne sont pas du tout propres.

— Je vais à la salle de bain, dit-elle.

Cette fois, je remarque qu'elle ne demande pas la permission. Puisque manifestement, je ne la lui donnerais pas du tout.

Elle est insolente et un peu téméraire. Mais elle ne sait pas à quoi elle a affaire, ni à qui.

Ce que je trouve à la fois irrésistible et sexy.

Madisyn me frôle et sort du bureau pour se diriger vers le couloir. Il lui faut une seconde pour se repérer et se souvenir du chemin à suivre dans la maison. C'est l'un des avantages d'avoir une maison aussi grande. C'est facile pour une nouvelle personne de se perdre.

Et je ne veux pas que cela arrive parce qu'elle risque de tomber sur quelque chose qu'elle ne devrait pas voir.

J'ai des hommes qui s'occupent de projets spéciaux pour moi, qui mènent des interrogatoires, qui blanchissent de l'argent, qui comptent des biens volés, qui fabriquent des documents contrefaits. Tout se passe sous ce toit. Peut-être pas simultanément, mais il y a beaucoup de drogues et d'armes illégales derrière la clôture de fer immaculée de ma propriété.

J'attends derrière la porte de la salle de bain que Madisyn finisse de se préparer. Elle n'est pas comme les autres filles avec qui j'ai couché, prenant le temps de se maquiller, de se coiffer, de s'accessoiriser, quoi que cela puisse vouloir dire.

Elle est entrée et sortie de la salle de bain en moins de temps qu'il ne me faut pour me raser, et ma barbe pousse énormément. Je l'attends, et elle semble déstabilisée lorsqu'elle ouvre la porte, me voyant de l'autre côté.

— Désolé, vous avez besoin d'utiliser la salle de bain ? demande-t-elle.

— Non.

Il y a une tendresse et une innocence en elle. Elle n'a pas conscience de l'obscurité et du danger qui la guettent, tournent autour d'elle et se rapprochent pour l'attaquer.

— Allons-y, dis-je, et je l'emmène loin de la salle de bains, dans le couloir, jusqu'à l'entrée du garage.

Cette fois, elle a mis ses chaussettes et, alors que nous approchons de la porte, elle se penche pour attraper ses chaussures et les enfiler.

— Elles sont sèches ?

— Presque, mais elles ne pouvaient pas aller dans le sèche-linge.

Elle les enfile. Je mets ma veste et mon chapeau, ainsi qu'une paire de gants. L'air dehors est frisquet, et à New York, on ne peut jamais se garer assez près, même avec un voiturier.

— Allez, on y va, dis-je en l'escortant jusqu'à la voiture.

— Monsieur, dit Luka, qui se dépêche de nous accompagner.

Il est en général mon garde du corps ces jours-ci et mon chauffeur lorsque je quitte la propriété.

— Ce n'est pas nécessaire, dis-je en lui faisant signe de repartir.

Il y a suffisamment de courses à faire et de tâches à accomplir pour occuper Luka et mes hommes pendant mon absence.

— Wow, pas de chauffeur ? plaisante Madisyn.

Soit elle prend soin de ne pas le qualifier de garde du corps, soit elle ne réalise pas que j'en ai besoin.

— Pas aujourd'hui. Venez, dis-je, et j'ouvre la portière passager pour elle quand nous approchons du 4x4.

J'attends qu'elle soit dans le véhicule avant de fermer la porte. Elle a déjà bouclé sa ceinture quand je monte du côté conducteur.

— J'ai parlé avec Andrei ce matin, dis-je.

J'appuie sur le bouton du garage, j'ouvre les deux portes et j'appuie sur le bouton de démarrage du moteur. Il démarre en rugissant.

Pendant ce temps, Madisyn me fixe d'un regard étrange.

— Qui ?

— Mon ami du garage que j'ai contacté pour vous. Il a dit que votre voiture était déjà partie ce matin. Si vous me donnez le numéro de plaque, il peut appeler et trouver qui a votre véhicule.

Elle ouvre la bouche et rit doucement.

— Je ne connais pas le numéro de ma plaque d'immatriculation. Je suis supposée le connaître ?

— Eh bien, ça rend les choses un peu plus compliquées, marmonne-je.

Mon homme essaie de faire une bonne action, et Madisyn est aussi paumée que possible.

— Les plaques sont neuves. Je viens de faire enregistrer la voiture vu que j'ai emménagé ici récemment. Quoique ce n'est pas comme si je connaissais ma plaque d'immatriculation par cœur dans l'Ohio, non plus.

Cette fille a un côté campagnard. Comme si elle avait attendu toute sa vie de vivre dans la grande ville.

— Ne vous en faites pas pour ça. Je vais passer quelques coups de fil, dis-je.

— Ce n'est pas nécessaire. Je peux m'en occuper pendant ma pause déjeuner.

J'appuie sur l'accélérateur, et nous sortons du garage en empruntant la longue allée pavée qui mène à l'entrée sécurisée. Mes hommes ont vu le véhicule approcher et ont déjà ouvert le portail pour nous.

— Quand ? (Je me rappelle la conversation que j'avais entendu la veille avec son amie dans l'ascenseur.) Vous n'avez pas dit que vous aviez à peine droit à une pause, et encore moins à une heure pour déjeuner ?

— Vous écoutiez ! Madisyn dit en riant et en me montrant du doigt.

— Je n'étais pas censé écouter ? On était coincés dans un ascenseur ensemble.

— Je n'utiliserais pas le mot coincé, plaisante-t-elle. (Ses épaules se détendent alors qu'elle jette un coup d'œil par la fenêtre pendant un moment, puis son attention revient vers moi.) Coincé implique que vous ne pouviez pas être ailleurs, comme si l'ascenseur était en panne. Mais vous étiez avec moi pendant quoi ? Trente secondes ? Peut-être une minute, en comptant le temps d'ouverture et de fermeture des portes de l'ascenseur.

— Eh bien, je ne pouvais pas m'échapper. Donc, j'étais coincé.

Je reste sur mes positions. Pourquoi pas, hein ?

Je n'ai jamais tort.

Personne ne remet jamais en question l'autorité d'un Pakhan. Ils le savent bien, mais cette fille ne sait rien de qui je suis et de ce que je fais dans la vie.

— Vous échapper ? (Elle me regarde fixement et éclate de rire.) Vous êtes fou. Oh mon dieu. J'ai passé la nuit dans la maison d'un fou.

Je la regarde brièvement.

— Vous venez juste de vous en rendre compte ? demandé-je, en reportant mon attention sur la route.

La circulation devient dense, et je n'ai pas envie de percuter un autre véhicule parce que je fais plus attention à la blonde canon assise à côté de moi.

— D'habitude, la réaction à cela est merci, grogne-je.

Elle fronce les sourcils en m'examinant, ses yeux parcourant mon corps.

— Vous n'avez pas l'air d'être le genre d'homme qui cherche beaucoup de reconnaissance.

Elle n'a pas tort. Je n'ai pas besoin qu'on me lèche les bottes ou qu'on me tape dans le dos pour un travail bien fait.

— Qu'est-ce qui vous fait dire ça ? Je lui lance un regard avant de serrer plus fort le volant.

Le 4x4 fait un ding, et je porte mon attention sur la lumière du tableau de bord du véhicule.

— Il y a un problème ? demande-t-elle.

Je dois faire le plein du 4x4. Luka nous a laissé très peu d'essence hier, et le réservoir est presque vide.

Même si le verglas a fondu sur la route avec le soleil, il fait toujours aussi froid et c'est le genre de tâche que j'aurais confié à Luka ou à n'importe lequel de mes hommes.

— Non, grogné-je.

Elle se penche plus près et jette un coup d'œil au tableau de bord, remarquant le voyant lumineux d'essence.

— Ça veut dire que vous n'avez presque plus d'essence.

— Je sais ça.

Je la regarde fixement. Est-ce qu'elle pense que je n'ai jamais conduit de voiture avant ?

— Il faut de l'essence pour faire fonctionner le moteur, dit Madisyn, le visage très sérieux. Vous ne pouvez pas conduire une voiture sans carburant. Comme l'huile ou le liquide essuie-glace.

— Oh mon dieu. Vous êtes vraiment trop. (Je n'en peux plus, et elle a même réussi à me faire glousser. C'était son plan depuis le début ? De me voir rire.) Le liquide essuie-glace n'est pas une nécessité.

— Eh bien, ça devrait l'être. Quand on vit dans l'Ohio et qu'après une tempête de neige on conduit sur l'autoroute, on peut facilement tomber à court de liquide essuie-glace. Et puis c'est dangereux si on ne voit pas à travers le pare-brise, surtout quand le soleil se couche, en direction de l'ouest.

— Vous êtes bien bavarde ce matin.

— J'ai bu deux cafés, dit-elle avec un sourire rougissant, comme si elle avouait avoir été vilaine et avoir des ennuis. Normalement, je n'ai pas droit à la caféine.

— Ah bon ? Je me gare dans l'allée d'une station-service. Désolé, il va faire froid à l'intérieur pendant quelques minutes.

Je coupe le moteur et sors dans l'air vif de l'hiver pour faire le plein du véhicule.

De temps en temps, je jette un coup d'œil dans le véhicule en direction de Madisyn. Avec les vitres teintées, il est difficile de voir quoi que ce soit.

Je devrais la déposer à son travail et jurer de ne plus jamais la revoir. Ce n'est pas comme si je lui rendais service en me liant d'amitié avec elle, et de plus, je n'ai pas besoin d'amis.

Je suis solitaire. Je peux compter sur mes hommes, et c'est plus que suffisant. C'est tout ce dont j'ai besoin.

Après avoir rempli le réservoir, je me hâte de remonter dans le 4x4 et de quitter le froid.

— Je n'ai jamais été aussi reconnaissant envers Luka, murmure-je.

— Quoi ? demande Madisyn, en concentrant toute son attention sur moi.

— Luka a l'habitude de faire le plein pour moi. Je sors du parking et retourne sur la route. A quelle heure quittez-vous le travail ?

— Vous me demandez de sortir avec vous ?

Un sourire en coin se dessine sur son visage.

Merde.

Est-ce qu'elle espère que je lui demande, parce que ce n'était pas le cas ?

— Je voulais savoir à quelle heure vous finissez le travail pour pouvoir vous reconduire chez vous.

Elle force un sourire.

— Je ne veux pas vous déranger plus que je ne l'ai déjà fait. Je peux demander à une des filles de me raccompagner.

— A quelle heure quittez-vous le travail ? Je répète la question.

Ce n'est pas que je veuille lui faire faire le tour de la ville ou que mes hommes l'accompagnent. C'est que Nikita a raison. Elle est infirmière et avoir quelqu'un dans notre entourage quand on en a besoin n'est pas une si mauvaise chose.

De plus, je veux avoir l'opportunité de mieux connaître la femme que j'ai laissé dormir sur mon canapé. Je ne serai pas satisfait tant que je n'aurai pas vu l'intérieur de sa maison, passé au peigne fin ses affaires, et que je ne serai pas sûr qu'elle est sincère à cent pour cent.

En général, j'ai un bon radar pour repérer les conneries et les problèmes. Madisyn est en haut de l'échelle des problèmes, mais je n'arrive pas à différencier le fait qu'elle me cause des problèmes parce qu'elle est une femme et que je n'ai pas besoin de sortir avec quelqu'un, et le fait qu'elle soit un problème.

Je me gare devant le bâtiment, près de l'entrée.

— Une journée de huit heures, faites le calcul, dit Madisyn.

Elle est enjouée, rayonnante, un peu trop normale à mon goût.

— Je serai là.

————

Je passe la majeure partie de ma journée à discuter de la façon de gérer le cartel. Ils interfèrent dans nos affaires, essayant de nous voler nos associés. Leurs hommes sont de sales serpents, des escrocs et des voyous.

Nous avons affaire à beaucoup d'individus louches dans notre travail. Pourtant, le cartel s'attaque aux personnes âgées, les escroquant pour qu'elles paient des centaines de milliers de dollars, vidant leurs comptes retraite.

C'est dégueulasse, et même si je ne devrais pas m'en soucier, je suis fier de mon éthique professionnelle, de ce que je fais pour vivre. On vend peut-être de la drogue avec un gros bénéfice, mais on la fournit à des gens qui l'obtiendraient ailleurs sinon. Au moins nos drogues sont de haute qualité, pas cette merde mélangée avec du fentanyl.

Mes fournisseurs sont comme de l'or, et l'idée que le cartel bouge pour rafler nos drogues ou nos fournisseurs ne me plaît pas.

Ils se sont entretenus avec nos fournisseurs, et c'est suffisant pour justifier une opération contre eux, une attaque au moment où ils s'y attendent le moins.

Quand ce n'est pas la mafia italienne qui me cause un mal de tête pour une fois, c'est le cartel. Non pas que nous ne puissions pas gérer le problème. C'est pourquoi j'ai rassemblé mes hommes, pour qu'ils frappent le cartel là où ça fait mal.

Ils ont l'ordre d'éliminer Carlos Sanchez, le chef du cartel. Dmitri, mon second, dirige l'opération. Je lui ai donné le feu vert pour éliminer Sanchez.

Sanchez n'est pas un homme très facile à fréquenter, mais mes hommes feront tout ce qui est nécessaire pour éliminer le problème.

Je passe au Steele Concierge Medical une fois la réunion terminée. Je veille à ce qu'elle se termine, me laissant assez de temps pour traverser la ville et passer prendre Madisyn.

Je devrais demander à Luka ou même à Nikita d'aller chercher Madisyn. Mais à la place, je suis au volant.

Jetant un coup d'œil à l'horloge du véhicule, mes doigts tapent contre le volant. Combien de temps suis-je censé l'attendre ?

Je jette un coup d'œil dans le rétroviseur. Je suis toujours prudent en m'assurant que je ne suis pas suivi. C'est pourquoi je laisse généralement Luka conduire. Il sait surveiller si l'on est suivi tout en se concentrant sur la route.

Je reconnais un des hommes du cartel se dirigeant vers l'entrée principale. Il est seul et n'a pas l'air d'avoir besoin de soins médicaux immédiats, même s'il se hâte comme s'il en avait besoin.

Le cartel cherche-t-il les services de la clinique ? Je vais devoir parler avec le Dr Gracie Steele, et il y a certains clients que je refuse d'accepter. Le cartel est sur cette liste.

Je prends mon téléphone et j'envoie un message à Nikita pour qu'il enquête pour moi. Je veux savoir pourquoi le cartel est sur notre territoire, utilisant nos infrastructures.

Les doubles portes s'ouvrent automatiquement, et Madisyn les franchit comme si elle était pressée. Je fourre mon téléphone dans ma poche, je ne veux pas qu'elle pose de questions.

Plusieurs personnes sortent derrière elle. L'une d'elles est une femme portant un enfant en bas âge, et l'autre est un homme seul. Il semble garder Madisyn dans sa ligne de mire.

Qui est-il ?

Il ne ressemble pas à un employé, mais il s'est peut-être changé et terminé sa journée. Pourrait-il être un ancien petit ami ? Mari ? Non, si elle était mariée, Nikita me l'aurait dit.

Madisyn se dirige vers mon 4x4 et regarde par la fenêtre avant d'ouvrir la porte.

Intelligente, elle s'assure que c'est moi.

Mais là encore, si elle était intelligente, prendrait-elle la route avec un chef de bratva ?

Elle monte à l'avant et claque la porte en bouclant sa ceinture.

— Merci d'être venu me chercher, dit Madisyn. J'espère que vous n'avez pas eu à faire de détour.

— Ce n'était pas un problème, dis-je, sans répondre directement à sa remarque. Quelle est votre adresse ? demandé-je.

Elle me donne son adresse, et je la tape dans le GPS, qui me donne des indications. L'itinéraire est simple et correspond à ce que j'attendrais si je rentrais chez moi. Il me fait passer juste devant chez moi.

— J'ai réussi à localiser ma voiture, dit Madisyn, rompant le silence entre nous alors que je m'engage sur la route.

— Et vous savez ce qu'il faut faire pour la réparer ? demandé-je, en lui jetant un bref coup d'œil.

J'avais l'intention de contacter Andrei, mais j'ai été distrait cet après-midi par la réunion sur Sanchez et le cartel.

— J'ai besoin d'un nouveau moteur. (Madisyn grimace et croise ses bras sur sa poitrine.)

— Ça vous reviendrait moins cher d'acheter une nouvelle voiture, dis-je.

Je doute qu'elle ait les moyens d'acheter une voiture neuve, sinon elle en aurait déjà une. On ne conduit pas une voiture de merde pour le plaisir.

Elle dégage un désespoir silencieux. Elle essaie de cacher le fait qu'elle n'a pas d'argent, qu'elle est probablement extrêmement pauvre, mais je ne sais pas pourquoi. Elle a un emploi décent. Est-elle criblée de dettes ?

— Peut-être une voiture d'occasion, dit-elle, d'une voix douce.

Je ne peux pas me sortir les mots de Nikita de la tête, qui a suggéré qu'elle pourrait travailler pour nous et être toujours disponible en cas de besoin. Cela résoudrait ses problèmes d'argent, mais il ne s'agit pas d'elle. Il s'agit de mes besoins, de mes hommes, de notre sécurité.

Je dois savoir si je peux lui faire confiance, et la seule façon de le faire est de la tester.

CINQ

Madisyn

Une heure plus tôt ...

— Qu'est-ce que tu fais ici ? demandé-je, en attrapant Aaron par le bras et en le tirant dans le couloir vers une pièce vide.

Je claque la porte derrière nous.

Aaron Moore est mon patron. Il n'est pas seulement mon patron au sein du FBI, c'est aussi un abruti, mais je ne le savais pas quand j'ai couché avec lui. C'était il y a des mois, et en vérité, ça m'avait poussé à accepter cette mission pour ne pas avoir à le voir tous les jours.

J'ai demandé un transfert hors de sa brigade, mais je n'ai pas vraiment dit pourquoi je voulais ce changement. Nous aurions tous les deux eu des problèmes, et bien qu'il ait été l'instigateur de toute cette histoire entre nous, je n'étais pas non plus innocente.

— Je voulais voir comment tu allais, dit Aaron.

Sa main se lève vers moi, passant une mèche de cheveux derrière mon oreille.

Je le repousse, essayant d'établir de meilleures limites entre nous.

— Tu ne peux pas débarquer comme ça pendant que je travaille. (Mes dents sont serrées, et ma mâchoire est crispée.) Tu dois partir, et tu ne peux pas revenir ici.

Ne réalise-t-il pas qu'il pourrait détruire ma couverture ? Il pourrait mettre ma vie en danger en se montrant et en me faire identifier comme agent du FBI.

Quel culot de ne penser qu'à lui ! Du Aaron tout craché.

— Je dois partir ? Je te ramène à la maison, Madisyn. Tu n'as rien à faire ici, dit-il en s'approchant un peu plus, envahissant mon espace personnel. Reviens travailler pour le FBI. Reviens avec moi.

Merde.

N'est-il pas au courant de l'opération d'infiltration ? A-t-il été tenu à l'écart et dans l'ignorance ?

J'ouvre la bouche et la referme. S'il n'est pas au courant, alors il est déjà à l'extérieur, et je ne vais pas ruiner ma carrière ou ma chance de devenir un jour agent de supervision.

— Je ne peux pas faire ça, Moore. C'est mon nouveau travail, ma nouvelle vie. (S'il ne sait pas que je suis sous couverture, je ne peux pas lui dire. Bien que je ne pense pas qu'il soit impliqué dans la Bratva russe, mes ordres sont de faire profil bas, et je ne peux pas le faire si le FBI se présente à mon nouveau travail.) Tu dois partir.

— Il y a une nouvelle équipe sous ma direction, mais je te veux dedans. C'est un groupe de nouveaux agents en formation. J'ai besoin de quelqu'un en qui je peux avoir confiance dans mon équipe, quelqu'un qui assurera mes arrières. Quoi qu'il se soit passé entre toi et Kingston, je peux passer outre. Je peux te faire blanchir et te faire reprendre le travail.

L'agent spécial superviseur Barrett Kingston m'a donné la mission d'infiltration et m'a préparé pour l'opération. Deux de mes collègues qui avaient travaillé sous les ordres de Moore font partie de la mission et, à en croire ce que j'entends, ne font plus partie de l'équipe de Moore.

Je suis à peine partie qu'il y a déjà eu un nombre important de changements. Que s'est-il passé ? Qui Aaron a-t-il énervé pour se retrouver avec des apprentis et voir toute son équipe dévouée réaffectée ailleurs ?

Est-ce un coup politique ? Est-ce qu'Aaron a énervé Barrett ou un autre supérieur ? Je doute qu'ils aient eu vent de notre liaison, ou il aurait été complètement viré.

C'était une erreur de coucher avec mon patron. J'avais été attirée par son pouvoir, par son influence sur moi, et j'avais été naïve de penser qu'il pouvait m'aimer.

— Tu dois partir. Nos clients paient un prix élevé pour rester dans la discrétion, et ils n'apprécieront pas que le FBI traîne dans les parages, dis-je, essayant de répéter sans le dire clairement qu'il doit partir et ne jamais revenir.

— Bien, mais ce n'est pas fini, Madisyn.

Aaron se dirige vers la porte. Il attrape la poignée et l'ouvre d'un coup sec. Il ne me jette même pas un regard en arrière alors qu'il se dirige vers l'ascenseur, les épaules affaissées comme s'il avait été vaincu.

S'il savait pourquoi je suis ici, se battrait-il quand même pour que je revienne au FBI ? Ou me soutiendrait-il dans ma décision de travailler sous couverture ?

Ça n'a pas d'importance, il est un fantôme de mon passé, et je dois le laisser partir.

———

J'enlève ma blouse et je remets ma tenue de ce matin. Ce sont techniquement mes vêtements d'hier, mais la seule personne qui a semblé le remarquer est Hannah, et elle pense que c'est parce que j'ai couché avec quelqu'un.

Eh bien, ce n'est pas le cas. Mais je ne vais pas élaborer sur ce qui s'est passé, sauf que ma voiture est tombée en panne.

Ce qui la rend encore plus suspicieuse.

— Tu vas me parler de ta nuit folle ? demande Hannah alors que nous prenons l'ascenseur ensemble pour partir.

— Ce n'était pas fou. Juste intéressant, et non. Pas maintenant, dis-je.

Cette fille n'a aucun sens des limites.

— S'il te plaît, s'il te plaît ? supplie Hannah. Mes nuits de folie consistent à courir après mon enfant et à nettoyer après Mark. Je te jure, c'est comme si on était mariés, et qu'on avait sauté le mariage et la lune de miel. Et ne me lance même pas sur les changements de couches ! Ne sors pas avec un homme qui a peur de changer une couche.

— Oui, une autre raison de ne pas avoir d'enfants, dis-je. Je nettoie assez de pots de chambre ici. Je ne veux pas faire ça à la maison.

Hannah lève les yeux au ciel.

— Oh, allez, ce n'est pas si mal. Et ce n'est pas tout à fait la même chose.

— Je ne veux pas pousser d'enfant hors de moi !

Elle rit de ma peur.

— Tu peux toujours adopter ?

— Oui, il paraît que les chiots font de merveilleux bisous, et on peut payer quelqu'un pour nettoyer après lui.

— Tu pourrais engager une nounou pour nettoyer après le bébé ? Hannah rit de cette remarque. Pourquoi on compare les bébés aux chiots ?

— C'est toi qui as commencé, en parlant de changement de couches. Je fronce mon nez en signe de dégoût. Je suis d'accord avec Mark sur ce point. Mais à bien y réfléchir, si je pousse un bébé hors de moi, mon mari devra changer toutes les couches !

— Bonne chance avec ça, dit Hannah. D'abord, on doit te trouver un copain sexy. Elle passe un bras autour de mes épaules. Et quand tu le rencontreras, je veux tous les détails cochons.

Je sors de l'ascenseur, et le sourire disparaît de mon visage.

Aaron Moore se tient près de l'entrée principale, les bras croisés sur son torse. Dès qu'il me voit, il s'avance vers moi. Je veux courir, m'enfuir, mais je n'aurai pas cette chance. Et Hannah aura une centaine de nouvelles questions quand elle le verra.

— Madisyn, je peux te parler ? demande Aaron.

Les yeux d'Hannah s'illuminent, et elle relâche son emprise sur moi.

— Oh, c'est ton homme mystère de la nuit dernière ?

Je lui donne un coup de coude dans les côtes.

— Ok, j'ai compris. Je vous laisse seuls tous les deux. Je te vois demain, dit-elle en me faisant signe de la main et en levant le pouce en passant devant Aaron.

— Je suis attendue quelque part, dis-je.

Hannah est déjà vingt pas devant moi, et je ne peux pas l'utiliser comme excuse pour planter Aaron. J'arrête de marcher et je me mets face à lui.

— Ecoute, c'est fini. Ça a été fini. Il n'y a plus rien entre nous.

— Je m'en fiche de nous. Je veux dire, moi, Maddy, mais on fait une super équipe.

Je jure que s'il dit un autre mot, je vais le frapper.

— Tu dois partir.

Je me dépêche de le dépasser, voulant fuir.

Je suis soulagée quand je repère le véhicule de Mikhail garé à l'entrée. Je me dépêche de m'éloigner d'Aaron, et je jette un coup d'œil à travers les vitres sombres pour m'assurer que je ne suis pas en train d'ouvrir la porte du mauvais véhicule et de partir avec un inconnu.

Bien que Mikhail soit techniquement un inconnu, il est aussi ma cible. Et c'est mon travail, de faire en sorte qu'il me fasse confiance.

De plus, en ce moment, je préfère monter dans le véhicule de Mikhail que dans celui d'Aaron. Non pas que je pense qu'Aaron me ferait du mal physiquement, mais il est assez stupide pour me faire tuer.

Avec un peu de chance, Mikhail n'a pas remarqué Aaron, mais au moins il n'était pas dans sa tenue FBI - pas de costume élégant pour aller avec sa personnalité audacieuse.

Mikhail et moi discutons de ma voiture minable et du fait que j'ai besoin d'un nouveau véhicule. Ouais, avec quel argent ? Peut-être qu'il me proposera un poste et me permettra de me rapprocher de lui. Non pas que je veuille coucher avec lui. J'ai déjà fait cette erreur une fois avec Moore.

Je n'étais peut-être pas sous couverture avec Moore, mais les deux hommes transpirent le pouvoir d'une manière que je trouvais très excitante.

Je dois faire attention.

Quand Mikhail se gare devant chez moi, je souris timidement. Le logement fait à peine la taille de sa chambre.

— Merci de m'avoir déposée, dis-je en rentrant ma lèvre inférieure entre mes dents.

Je joue la fille timide, j'essaie d'être réservée. Si j'ai l'air insistante, dominatrice ou agressive, je pourrais facilement le repousser.

— Tout le plaisir était pour moi, mais ça te dérange si je rentre ? Je dois aller aux toilettes, dit-il.

C'est une excuse. Nous ne sommes même pas à dix minutes de chez lui, et je doute qu'il ait envie de se soulager à ce point, mais je mords à l'hameçon.

J'ai besoin d'une chance de me rapprocher de lui sans donner l'impression que c'est mon intention.

— Bien sûr, dis-je.

Il coupe le contact de son véhicule dans mon allée de gravier.

Nous sortons, je sors mes clés de mon sac et je monte les escaliers en bois du porche. Ils sont vieux et bruyants. Ils auraient besoin d'une nouvelle couche de peinture. Le porche est gris bleu, tout comme les escaliers.

Je déverrouille la porte d'entrée et la tiens ouverte pour Mikhail.

— Attention à la contre-porte, dis-je, mais avant que je puisse terminer ma phrase, il la lâche quand il entre, et elle se referme en claquant.

Il regarde la porte par-dessus son épaule et marmonne quelque chose à voix basse.

— Quoi ? demandé-je, en entrant un peu plus loin et en retirant mes chaussures et mon manteau.

J'allume les lumières à l'intérieur de la maison et ferme les rideaux puisqu'il fait nuit dehors. Ça ne sert à rien de laisser les voisins percevoir l'intérieur de ma maison.

Il y a deux caméras cachées au cas où quelque chose arriverait pendant que Mikhail est chez moi, mais je ne pense pas qu'il fera quelque chose de stupide. Une caméra est dans le salon, l'autre dans la chambre.

Tant pis pour l'intimité.

— Il faudrait faire réparer tes escaliers et ta porte, dit-il.

Il parcourt la maison du regard, considérant tout ce qui s'y trouve.

— J'ai laissé un message au propriétaire, mais j'attends toujours une réponse.

Je ferme la porte en bois derrière lui et bloque le verrou.

— Classique.

— Les toilettes sont par-là, dis-je en l'entraînant dans le couloir. J'ouvre la porte de la salle de bain et allume la lumière.

— Merci, dit-il.

Il entre et ferme la porte. J'entends le verrou se fermer et je me dirige vers la cuisine pour réfléchir à ce que je vais préparer pour le dîner.

Devrais-je l'inviter à rester pour le dîner ? Il a accepté de me conduire, de me laisser dormir chez lui. C'est étrange de penser qu'il est ce grand méchant que le FBI a dépeint.

Pourraient-ils avoir tort ?

J'en doute.

Il est probablement terrifiant et un meurtrier, mais il ne m'a pas laissé voir ce côté de lui. J'ouvre le placard et fourre la clé USB que j'ai volée dans une boîte de céréales, hors de vue. Je suis encore choquée et heureuse d'avoir pu la sortir de chez lui sans qu'il s'en aperçoive.

Je prends une casserole et une poêle dans le meuble du bas. J'ai étudié où tout se trouve pour ne pas avoir l'air suspecte. Je ne veux surtout pas qu'il croit que je ne connais pas bien ma propre maison.

Je mets une casserole d'eau pour faire bouillir des pâtes et je prends plusieurs ingrédients dans le frigo pour faire une sauce.

La porte de la salle de bain cliquette, et des pas lourds résonnent sur le sol. Il n'est pas le moins du monde silencieux dans sa démarche.

Je mets de l'huile d'olive dans la poêle, j'attends qu'elle chauffe et j'ajoute de l'ail frais.

— Tu veux rester pour le dîner ? demandé-je, en le regardant par-dessus mon épaule.

Je prends la cuillère en bois, remuant l'ail pour qu'il ne brûle pas sur le feu.

Ses yeux sont étroits et crispés, fixés sur moi. Je ne sais pas si c'est une bonne ou une mauvaise chose.

— Qui n'a pas de prescriptions dans son armoire à pharmacie ?

Je me retourne pour lui faire face. Il est à quelques centimètres de moi, il me domine et exige des réponses.

Je pointe la cuillère en bois dans ma main vers lui.

— Pourquoi est-ce que tu fouines ? l'accusé-je, renversant la situation.

La plupart des gens qui fouillent dans l'armoire à pharmacie ne commencent pas à poser des questions en sortant de la salle de bains.

Il m'arrache la cuillère comme si je l'utilisais comme une arme et la pose sur le plan de travail, hors de portée immédiate.

— J'aime bien connaître mes fréquentations, dit Mikhail.

Il me fixe du regard.

Je me penche sur la pointe des pieds et l'attrape par sa cravate, le tire vers le bas, écrasant mes lèvres contre les siennes, le faisant taire. Si on s'embrasse, il ne peut plus poser de questions.

— Qu'est-ce que tu fais ? grogne-t-il en reculant, mettant fin au baiser.

Mes lèvres picotent alors que je fixe son regard noir.

— Tu veux connaître tes fréquentations ? Alors apprends à connaître chaque centimètre de moi, dis-je, en le défiant de continuer, d'oublier momentanément sa question et de se concentrer sur moi.

Je recule légèrement, toujours à sa portée, et je tire ma chemise au-dessus de ma tête pour la laisser tomber sur le sol.

Je jure entendre un autre grognement, plus guttural, provenant du fond de sa gorge. Ses yeux sont noirs, ses iris presque impossibles à distinguer de ses pupilles.

Il s'approche, ses mains froides caressent ma peau nue, et je frissonne en réponse. Je n'ai pas à faire semblant d'être attirée par lui. Il y a de la passion et de la puissance, un plaisir qui me transperce.

La seule pièce sans caméra est la cuisine. J'éteins les deux brûleurs de la gazinière, ne voulant pas mettre le feu à la maison.

Ses lèvres sont sur les miennes et tombent sur mon cou, elles sucent et mordillent, goûtant ma peau. Je fais descendre mon pantalon sur mes hanches, le laissant tomber sur le sol, l'éloignant d'un coup de pied.

Ce n'est pas comme s'il ne m'avait jamais vue nue auparavant, mais c'est différent. Ça semble différent.

La dernière fois, je n'étais pas aux commandes, je n'avais pas mon mot à dire sur le fait de me déshabiller pour lui.

Il desserre sa cravate et la jette sur le sol avec mes vêtements. Sa veste de costume disparaît, et il déboutonne sa chemise quand je dégage le bas de sa chemise de son pantalon, mes mains remontant le long de son torse, touchant sa peau.

Il est chaud, et ses muscles se contractent sous mon touché.

— Je vais te dévorer, murmure Mikhail dans mon cou.

Un frisson parcourt mon corps, et je respire lourdement, en essayant de ne pas perdre pied.

— Préservatif ? demandé-je. Les miens sont dans la salle de bain et dans ma chambre. Je n'en laisse pas traîner dans ma cuisine. Ma faute.

Il en prend un dans son portefeuille pendant que je déboutonne son pantalon et ouvre la fermeture éclair. Je fais glisser le tissu le long de ses hanches, et il n'a plus que ses sous-vêtements. Il pose le préservatif sur le comptoir, mais il n'a pas encore ouvert le paquet en aluminium.

Mikhail dégrafe mon soutien-gorge, prend mon sein dans sa bouche, suçant et léchant la pointe tandis que ses doigts me taquinent contre ma culotte.

— Tu es déjà bien glissante pour moi, murmure-t-il, satisfait de ce qu'il a accompli.

Il attrape mes hanches et me fait tourner, me penchant en avant contre la table de la cuisine.

Mikhaïl tire ma culotte sur le côté et fait glisser un doigt le long de ma fente.

— Bonne fille, toute mouillée pour moi.

Je prends une grande inspiration.

— Préservatif, dis-je.

— Pas encore.

Il me gifle les fesses, et je sursaute avant que mes doigts ne se serrent en poings.

— Tu as aimé ça ? demande-t-il.

Je ne veux pas admettre que oui.

— Réponds-moi, murmure-t-il à mon oreille, et un nouveau frisson parcourt mon corps.

Comme je ne lui réponds pas assez vite, il me remet une fessée.

— Oui, je halète.

— Je peux le voir, tu es tellement mouillée pour moi, dit-il en laissant ses doigts explorer mes plis.

Il me touche, me rapproche de la limite, mais sans la dépasser.

Il s'arrête assez longtemps pour ouvrir le préservatif et le placer sur sa queue avant de plonger en moi. Mikhail plaque ma poitrine contre la table, poussant mon dos, me maintenant comme il le veut.

Je suis à lui, il peut faire ce qu'il veut de moi.

Il me pilonne.

Il n'est pas du tout lent ou doux.

C'est pour son propre plaisir, et ça ne me dérange pas parce que ça me plaît.

Je gémis et je m'accroche à lui alors qu'il s'enfonce dans mon intimité serrée et palpitante. Je suis presque à la limite, mais pas tout à fait là.

J'essaie de tendre la main, de toucher mon clito, de prendre mon pied avec lui, quand il m'attrape les poignets et me plaque contre la table en bois.

— Je t'ai dit que tu pouvais faire ça ?

Il est brusque et puissant, et ses ordres font frémir mes entrailles.

— Non, murmure-je, encore plus excitée par son autorité.

— Tu ne te touches pas pendant que je te baise.

Je gémis, mais c'est surtout parce que je suis désespérée, que j'ai besoin de lui et que je suis si proche qu'il me prive de la seule chose que je veux en ce moment : un orgasme.

Je ne devrais pas faire ça avec lui. Il y a d'autres moyens de se rapprocher d'un suspect que de coucher avec lui, mais il est un peu trop tard pour faire marche arrière, et en plus, j'en ai envie.

C'est bon. Il est incroyable.

— Tu vas me laisser jouir ? demandé-je.

Il lâche mes mains, et il tend la main entre mes jambes. J'inspire un grand coup, l'anticipation me submergeant. Il pince mon clito, et j'expire brusquement quand il le tape.

— Ne jouis pas ! ordonne-t-il.

Mes entrailles palpitent, et je suis à ma limite. Mes orteils se recroquevillent, et je halète et me contracte, et il se retire, me privant de ma libération finale.

— Putain ! Je jure rageusement qu'il m'a amenée si près de la limite pour ensuite se retirer.

Il ricane, fier de lui. Mikhaïl me redresse et me retourne pour que je lui fasse face.

— Tu es à moi, dit-il en m'attrapant par la mâchoire, sa langue parcourant ma lèvre inférieure. Je serai le seul à te faire jouir intensément.

Je gémis en signe de protestation. Mes genoux ne tiennent plus, et il me soutient pour que je puisse m'asseoir au bord de la table.

— Écarte les jambes, ordonne-t-il.

Je fais ce qu'il me dit, et il se glisse entre mes cuisses, sa bite dure et épaisse alors qu'il me pénètre en un seul mouvement rapide.

Mes doigts s'agrippent à son épaule, et je m'allonge, pliant mes jambes alors qu'il me pilonne. La sensation se développe, et les palpitations s'intensifient à chaque coup de reins.

Je ferme les yeux, et mes ongles parcourent son dos et descendent jusqu'à son cul, le tirant plus près, plus profond, plus serré. Je veux chaque centimètre de lui.

— Je veux jouir, chuchoté-je, priant pour qu'il m'entende et qu'il soit prêt à me satisfaire.

Mon dos se cambre, et mes orteils se recroquevillent alors que je chancelle à la limite. Je ne suis pas disposée à ce qu'il se retire, et me laisse tremblante et en manque.

Je serre fort, le gardant fermement en moi, le tenant contre mon corps alors que la première vague approche.

— Je veux te sentir jouir sur ma queue, grogne-t-il à mon oreille.

Ses mouvements s'accélèrent, et il s'enfonce plus profondément dans ma chaleur, m'étirant et me remplissant.

Des feux d'artifice explosent dans l'obscurité pendant que je tremble. Je le serre de plus en plus fort contre moi.

— Mikhail, soufflé-je dans son oreille, mes dents tirant sur le lobe, voulant qu'il se joigne à moi.

Et il le fait.

Il grogne, et sa respiration s'intensifie, haletant pour respirer alors qu'il se libère en moi.

Il se retire, enlève le préservatif et le jette à la poubelle. Je descends du comptoir et prends mes vêtements sur le sol.

— Laisse-les, ordonne-t-il.

— Tu veux que je reste nue ?

— Tu peux mettre un tablier, mais rien d'autre.

Je glousse doucement.

— Je n'ai pas de tablier, dis-je. (Je tends la main pendant qu'il rassemble ses vêtements.) Et si je portais ta chemise pendant que je nous prépare à manger ?

Il me tend sa chemise blanche. Elle était impeccable et soignée. Maintenant, elle est froissée, mais elle a encore tous ses boutons. Je l'enfile, et il me tire vers lui, ses mains autour de mes hanches.

— Laisse-la déboutonnée, dit-il. Tu es sexy avec rien d'autre que ma chemise.

Je suis sûre que je rougis à sa remarque. Je me tourne vers la gazinière, rallumant l'eau pour faire bouillir les pâtes et recommençant à zéro avec la sauce.

Mikhaïl enfile son caleçon et récupère son téléphone, jetant un coup d'œil à l'appareil. Il soupire doucement.

— Quelque chose ne va pas ? demandé-je.

— Juste le travail, murmure-t-il en passant une main dans ses cheveux.

Il est costaud et brut. Les tatouages qui couvrent ses bras ne sont pas les seules marques sur sa peau. Il y a des cicatrices sur sa poitrine et son dos. J'en reconnais quelques-unes comme étant des blessures par balle, et j'imagine que les autres sont des sortes de coups de couteau.

— Le même travail où tu as eu ces cicatrices ? demandé-je, en faisant un geste vers sa poitrine. Ce que tu fais est dangereux ?

Bien sûr, ce qu'il fait est dangereux. C'est aussi hautement illégal. Je ne m'attends pas à ce qu'il divulgue tous ses secrets, mais ça ne semblerait pas naturel si je ne demandais pas.

Toute femme saine d'esprit couchant avec un homme qui a une dizaine de cicatrices va forcément poser des questions.

Sa réponse est bourrue et courte.

— Je les ai eues pendant la guerre, dit Mikhail.

— Oh. J'expire doucement. Je ne savais pas que tu étais dans l'armée.

Il ne me répond pas, et je décide que j'ai fini de poser des questions, du moins pour l'instant. J'ai besoin d'obtenir des informations de sa part, mais il ne semble pas vouloir en discuter.

— Je dois répondre à cet appel. Ça te dérange si je vais dans l'autre pièce ?

— Bien sûr, tu peux aller dans ma chambre si tu veux un peu d'intimité, dis-je.

— Merci.

Ce n'est pas difficile pour lui de deviner quelle pièce est ma chambre. C'est un bungalow individuel avec une seule chambre. C'est mignon et confortable, mais pas pratique pour une famille. C'est parfait pour moi et ma couverture.

Mikhail sort de la cuisine, prend le couloir, et je peux l'entendre brièvement jusqu'à ce qu'il ferme la porte de la chambre.

Bien que je ne puisse pas entendre un mot de ce qui est dit, mon équipe aura toute sa conversation enregistrée et accessible pour eux sur le serveur cloud.

J'espère juste dans mon intérêt qu'il ne se vante pas à un de ses hommes qu'il vient de s'envoyer en l'air.

On frappe à la porte d'entrée. Je baisse le feu de l'eau sur la cuisinière. Elle n'est pas encore tout à fait bouillante, et je ne veux pas qu'elle déborde pendant que je ne suis pas dans la cuisine.

Personne ne sait que je vis ici. La personne qui est à la porte ne peut pas être là pour moi. C'est probablement un enfant qui vend des cookies ou un voisin qui veut se présenter.

Je jette un coup d'œil par le judas et gémis.

Aaron Moore se tient de l'autre côté de la porte.

J'entrouvre légèrement la porte.

— Ce n'est pas le moment, dis-je.

— Tu avais l'intention de me dire que tu avais déménagé ?

Je grogne doucement et j'envisage de sortir sur le porche quand je réalise que je ne porte rien d'autre que la chemise de Mikhail. Je la ferme avec ma main pour empêcher Aaron de profiter de la vue.

— Tu m'as suivi jusque chez moi.

Je suis assez surprise que Mikhail n'ait pas remarqué qu'il était suivi, mais Aaron est incroyablement doué pour ne pas être vu. S'il m'a vu arriver dans l'allée, alors il a vu que j'avais de la compagnie.

— Je ne savais pas que tu voyais quelqu'un, dit Aaron. Tu aurais pu simplement me le dire. Je serais reparti.

Je ne le crois pas.

— Vraiment ? Parce que tu es là, à encore me déranger. C'est déjà pas mal que tu sois venu à mon travail, mais maintenant tu te pointes chez moi !

Mikhaïl se racle la gorge derrière moi, et je sursaute. Je ne l'ai pas entendu sortir de la chambre ni arriver derrière moi à la porte d'entrée.

Combien de la conversation a-t-il entendu ?

Mikhail attrape mon bras et me tire en arrière, loin de la porte.

— Tu as entendu Madisyn. Quitte sa propriété, ou je te fais partir par la force, dit Mikhail.

Son accent russe est épais, et ses mots sont bourrus.

Je ravale la boule dans ma gorge. Aaron reconnaît-il Mikhail ?

Aaron n'a encore jamais travaillé avec la division du crime organisé transnational. Sa division est spécialisée dans la criminalité en col blanc et traite une multitude d'affaires et d'enquêtes liées à la fraude.

Mikhail ferme la porte et la verrouille. Il croise ses bras sur sa poitrine. Bien qu'il porte son caleçon, il ne porte rien d'autre, et il est éblouissant.

— Ton ex-copain te dérange-t-il souvent ? demande Mikhail.

J'ouvre la bouche pour dire que ce n'est pas mon ex-petit ami, et que c'est beaucoup plus compliqué, mais je ne veux pas donner à Mikhail plus d'informations qu'il n'a besoin de savoir. Si Mikhail découvre qu'Aaron fait partie du FBI, je ne veux pas qu'il apprenne que je suis aussi un agent du bureau.

— Il a débarqué au travail aujourd'hui, dis-je, en faisant attention à mon choix de mots. Je lui ai dit de me laisser tranquille.

— Manifestement, il ne sait pas écouter, *Kisa*, dit Mikhail en soupirant. Je vais m'assurer qu'il ne t'embêtera plus jamais.

SIX

Mikhail

— Je ne pensais pas que vous reviendriez à la maison ce soir, dit Nikita.

Un large sourire en coin orne son visage.

Je regarde ma montre en me débarrassant de mon manteau.

Merde.

J'ai oublié la clé USB dans ma poche. Je plonge mes doigts dans mon manteau en laine, mais elle n'est pas là.

Elle n'est pas par terre dans l'entrée. Elle est tombée pendant que j'étais chez Madisyn ? Si j'ai de la chance, elle est dans l'un des véhicules que nous utilisons.

Je passe une main dans mes cheveux. Je suis épuisé. Il est plus de minuit passé. Il était hors de question que je passe la nuit chez elle. Elle est mignonne et fougueuse, mais je ne dormirais pas, et j'ai une réunion demain matin. En plus, je ne peux pas dormir dans le lit de quelqu'un d'autre.

Je suis toujours sur mes gardes et en alerte quand mes hommes ne sont pas à proximité.

Trop d'adrénaline coule dans mes veines, et le fait d'avoir égaré la clé USB n'arrange pas les choses.

J'ai envoyé Luka pour surveiller sa maison dans sa voiture. Je dois m'assurer qu'elle est en sécurité et que ce connard d'ex-petit ami ne reviendra pas la déranger.

Je veux effacer ce sourire suffisant. Il ne sait rien du tout. Ce ne sont que des suppositions, et même si j'ai couché avec elle, ce ne sont pas ses affaires.

— Je veux tout savoir sur l'ex-petit ami de Madisyn, Aaron.

— Vous avez un nom de famille ? demande Nikita.

— Regarde sur les réseaux sociaux. Un grognement s'échappe du fond de ma gorge. Je n'ai pas demandé son nom de famille quand je l'ai viré de sa propriété. Il s'est pointé à son travail, et il la harcèle. Je veux qu'un de nos hommes garde un œil sur elle en permanence.

— Vous voulez lui assigner un garde du corps ?

— Luka est mes yeux pour ce soir, dis-je en essayant d'étouffer un bâillement. Mais oui, jusqu'à ce que la menace qui pèse sur elle soit neutralisée, elle aura un garde du corps.

Nikita ouvre la bouche et la referme.

Un air renfrogné apparaît sur mon visage. Je n'aime pas quand mes hommes ont quelque chose à dire mais se taisent.

— Qu'est-ce qu'il y a ?

Je ne suis pas d'humeur à ce qu'il remette en cause mes décisions.

— Vous ne pensez pas que c'est un gaspillage de main d'œuvre, d'avoir un de nos hommes avec elle ? demande Nikita.

— Ce que je pense, c'est que tu dois me laisser gérer, et que tu dois te concentrer sur la recherche de tout ce qui concerne son ex-petit ami.

— Oui, chef, dit Nikita.

— Et fais-moi savoir si tu trouves cette clé USB argentée avec un X rouge en dessous. La dernière fois que je l'ai vue, elle était dans la poche de mon manteau.

Nikita sait ce qu'il y a sur la clé. Il faisait partie de l'équipe qui m'a aidé à récupérer la clé et à mettre une balle dans la tête du fils de pute qui m'a trahi, Leo Aminoff.

Leo a volé de précieuses informations sur nos planques et nos gardes. Il a été assez stupide pour mettre une annonce sur le dark web, essayant de vendre l'information au plus offrant.

Dmitri a remarqué l'annonce, et on a monté notre petite opération pour récupérer la clé et mettre fin à l'implication de Leo dans la vente de nos secrets.

Au moins les informations sont cryptées, mais c'est toujours inquiétant qu'elles puissent être là dehors, attendant de tomber dans de mauvaises mains.

— Bien sûr, monsieur.

Il part dans le couloir dans la direction opposée tandis que je monte la cage d'escalier vers ma chambre. Il est tard, et sachant que Madisyn est en sécurité chez elle, je peux fermer les yeux et dormir quelques heures.

———

Mon téléphone me réveille brusquement.

— Allô ? Je frotte le sommeil de mes yeux et essaie de me concentrer sur mon interlocuteur.

Je n'ai pas regardé le numéro de l'appelant quand j'ai répondu au téléphone.

— Patron, vous m'avez demandé de la déposer au travail. Je l'ai fait, mais elle est partie par la porte d'entrée moins de cinq minutes plus tard.

Mon cerveau est dans le brouillard.

— Luka ? demandé-je.

Qui d'autre parlerait d'une fille ? Je l'avais envoyé surveiller Madisyn la nuit dernière.

La lumière matinale pénètre par une ouverture dans les rideaux. Je me redresse dans le lit, les draps tombent autour de ma taille, et j'essaie de me concentrer un peu plus sur l'appel.

— Oui, voulez-vous que je la suive ou que je la laisse tranquille ? Je l'ai déposée à son travail, mais elle n'est pas dans le bâtiment.

Mon regard se crispe. Où va-t-elle, bon sang ?

— Suis-la, mais sois discret, dis-je. Je ne veux pas qu'elle sache qu'elle est surveillée.

Je raccroche et me recouche dans mon lit. En regardant le plafond, le soleil est encore beaucoup trop fort. Je me protège le visage avec mon bras.

Où diable va ma *Kisa* ?

Dans quel pétrin est-elle en train de se fourrer ?

Un coup sec est frappé à la porte de ma chambre.

— Quoi ? crié-je dans le vide.

Je veux qu'on me laisse tranquille pour dormir. Mais je n'ai pas l'impression que ce sera le cas ce matin.

— Dois-je revenir plus tard ? demande Nikita à travers la porte fermée de la chambre.

Je grogne doucement et cède.

— Entre, dis-je.

Nikita tourne la poignée de la porte de ma chambre et entre à l'intérieur. Il referme la porte derrière lui. Il me jette un coup d'œil, en prenant soin de ne pas souligner que je suis encore au lit à cette heure-ci. Il n'est pas si tard, un peu plus de sept heures du matin, mais je suis habituellement debout, à prendre des décisions commerciales et à travailler.

— J'ai recherché les informations que vous avez demandées sur l'ex-petit ami de Madisyn.

— Et ? demandé-je, attendant qu'il réponde.

Il gagne du temps et est mal à l'aise, m'apportant tous les détails qu'il a découverts.

— Parle ! Je n'aime pas qu'on me fasse attendre.

— Son nom est Aaron Moore. C'est un fédéral, il travaille pour le FBI, dit Nikita.

Je pousse un gros soupir et me redresse dans le lit.

— Vraiment ? dis-je. Et Madisyn Taylor ? Comment se connaissent-ils ?

— A part le fait qu'ils couchaient ensemble ? Nikita hausse les épaules. Je ne sais pas. Il n'y a aucune preuve d'une quelconque relation entre eux. Ce qui rend les choses encore plus étranges, monsieur.

— Pourquoi ça ? demandé-je.

Je sors du lit, me lève et me dirige vers la commode. Je dois me doucher et m'habiller, me préparer à affronter la journée. Quoi qu'elle m'apporte.

— Eh bien, généralement, lorsque vous avez une quelconque relation avec la personne, il y a des traces, des sms, des photos, des preuves sur les réseaux sociaux, dit Nikita. Cependant, tout cela est habituellement caché quand il s'agit d'une liaison avec une personne mariée.

— Et l'un d'entre eux est marié ? demandé-je.

Il devrait connaître la réponse, vu que je lui ai demandé de faire des recherches.

— Non, il n'y a aucune preuve que Madisyn ou Aaron aient jamais été mariés à quelqu'un d'autre, ou l'un à l'autre, en fait.

Je prends mes vêtements dans la commode et entre dans la salle de bain, me retournant pour faire face à

Nikita. Il ne rentrera pas ici, et j'en ai fini avec cette discussion.

— Eh bien, ils se sont bien rencontrés. Alors débrouille-toi !

Je claque la porte de la salle de bain et je me débarrasse de mes vêtements, en allumant la douche. J'ai besoin de me laver des pensées que Nikita a mis dans ma tête.

Aaron Moore est un agent fédéral. Il n'a pas montré qu'il m'avait reconnu hier soir, mais ça ne veut rien dire. Il pourrait être bon dans son travail, cacher sa surprise, surtout s'il n'était pas surpris.

Madisyn aurait-elle pu être une taupe ? Est-il possible qu'elle ait pris de mauvaises décisions, et que les Fédéraux aient quelque chose contre elle ? L'utilisent-ils pour m'atteindre ?

Aurait-elle pu voler la clé USB quand je lui ai laissé emprunter mon manteau ?

Non, ce n'est pas possible. Je l'ai fouillée minutieusement.

Je me mets sous le jet brûlant et laisse les dernières pensées troublantes s'envoler.

Aucun agent fédéral ne serait assez stupide pour se montrer alors que je suis chez elle.

C'est une coïncidence, une qui me donne la nausée. Je n'aime pas qu'elle se soit tapée un homme de la justice, et pire encore, c'est son ex et il n'a pas l'air de comprendre qu'il faut la laisser tranquille. Ils n'avaient pas l'air bien ensemble.

Je tape du poing sur le mur de la douche. Mes jointures brûlent à cause de la douleur. J'ai envie de crier à pleins poumons, mais cela inquiéterait mes hommes, et je n'ai pas besoin qu'ils se précipitent dans la salle de bain en pensant que notre propriété a été pénétrée.

Après ma douche, je m'habille et je prends mon téléphone. Il n'y a pas d'appels manqués ou de sms de Luka. Cependant, ça ne fait pas si longtemps que je l'ai envoyé surveiller Madisyn.

Qu'est-ce qu'elle fait ?

Elle va voir son ex ? Aurait-elle pu me trahir ?

Je me dépêche de descendre les escaliers et de me précipiter dans la cuisine pour prendre une tasse de café.

Dmitri se sert une tasse à la cafetière quand j'entre dans la cuisine. Il prend une deuxième tasse sur le comptoir, anticipant la raison de ma présence.

— Des nouvelles du cartel ? demandé-je.

Je lui ai donné l'ordre d'exécuter Carlos Sanchez.

Dmitri se charge du projet, et je dois être tenu au courant, surtout si cela implique d'entrer en guerre avec eux. Bien que je n'étais pas disponible hier soir, je le suis maintenant.

— A part Carlos qui vend des armes et de la drogue ?

Dmitri me verse un café et me le tend avant de prendre une gorgée de sa tasse fumante.

— Quoi que ce soit de nouveau, dis-je. C'est ce que je veux savoir, pas la merde dans laquelle Carlos s'implique.

— J'ai des hommes qui surveillent leur rotation, prennent des notes sur leurs livraisons. Nous connaissons un associé à qui ils ont essayé de voler des affaires.

— Un fournisseur, dis-je en frottant ma barbe. Ce n'est pas une nouvelle information. Qu'est-ce que tu as d'autre ?

J'ai besoin de plus que de simples bribes. Je n'ai pas offert à Dmitri le poste de second pour qu'il puisse rester assis toute la journée.

— J'ai des hommes qui surveillent les hauts gradés de Carlos. Ils ne feront pas un geste sans qu'on le voie.

— Je te paie pour faire plus que surveiller le cartel.

Je claque ma tasse de café sur le comptoir. Le contenu chaud éclabousse ma main, mais j'ignore la douleur brûlante.

Dmitri fait un pas en arrière. Ses yeux sont écarquillés et il se redresse.

— Je vous assure que nous faisons tout pour retrouver Carlos Sanchez. Il a disparu.

Mes narines se dilatent alors que j'inspire lourdement par le nez.

— Quelqu'un a dû l'informer que mes hommes allaient venir l'exécuter.

Ça ne peut pas être une coïncidence que Carlos ne soit plus visible. Il est probablement caché dans une maison protégée. Je doute qu'il soit sous protection. Il n'est pas du genre à accepter un marché.

Nous avons ça en commun.

— Je peux vous assurer que ce n'était aucun de vos hommes, dit Dmitri.

Je prends mon café et en boit une gorgée. La porcelaine est chaude et légèrement humide à cause du choc plus tôt.

— Comment peux-tu en être certain ?

Mon téléphone vibre dans ma poche.

— Nous n'en avons pas fini avec cette conversation, dis-je en prenant mon téléphone. Mikhail, réponds-je.

J'emporte le téléphone et ma tasse de café hors de la cuisine et dans mon bureau.

— J'ai les yeux sur votre amie, mais elle m'a repéré, dit Luka.

Je pousse un gros soupir et pose mon mug sur mon bureau.

— C'est grave ? demandé-je.

— Elle veut vous parler.

SEPT

Madisyn

Plus tôt ce matin-là ...

Je n'ose pas admettre que j'ai aimé la nuit dernière avec Mikhail, mais ce qui s'est passé était purement professionnel. Je devais coucher avec lui pour me rapprocher, pour gagner sa confiance.

Mais rien que de penser à lui, mon intérieur se réchauffe.

Non.

C'est un monstre. Je ne peux pas le laisser entrer dans ma tête.

Je me douche, je m'habille et je sors pour aller chercher le journal dans l'allée quand j'aperçois une voiture sombre garée devant la maison.

L'homme derrière le volant m'est familier. C'est le même homme qui conduisait le 4x4 lorsque Mikhail était passager lors de cette nuit pluvieuse.

— Luka, chuchoté-je, me souvenant de son nom.

Je me dirige vers sa voiture. Il n'est pas du tout discret. Je me penche devant la vitre passager, et il la baisse.

— Qu'est-ce que vous faites ? lui demandé-je.

— Je vous conduis ? Luka m'offre un sourire chaleureux et amical.

Ça ne colle pas avec sa personnalité. Il ment. Je peux voir à travers la charade ; pas besoin d'être agent du FBI pour voir que sa réponse est bidon.

Je ne le crois pas.

— Depuis combien de temps êtes-vous dehors ?

— Assez longtemps pour m'assurer que votre ex-petit ami ne reviendra pas.

Je me pince l'arête du nez.

— C'est de ça qu'il s'agit ? Mikhail est jaloux ?

— Non, Mikhail veut s'assurer que vous êtes en sécurité. Il ne lui fait pas confiance, dit Luka. (Il est plus direct que je ne le pensais.) Il n'a pas apprécié qu'Aaron se soit présenté chez vous après que vous aviez expressément demandé à ce monsieur de vous laisser tranquille.

— Mikhail vous a dit tout ça ?

Luka hoche faiblement la tête.

— Je veille juste sur vous. Je peux vous conduire au travail ce matin.

Je regarde en arrière vers ma maison.

— Ouais, donnez-moi dix minutes.

———

Luka me dépose au travail, et je me dirige à l'intérieur du bâtiment pour utiliser les toilettes du rez-de-chaussée avant de ressortir par les doubles portes pour aller au café.

Je n'y vais pas seulement pour le café. C'est l'un des lieux de rendez-vous pour échanger des informations avec mon contact, l'agent spécial Savannah Blakely.

Je serre mon manteau et me dépêche de descendre la rue. Plus vite je serai à l'intérieur, plus je serai au chaud. Je rentre dans le café et passe devant l'agent Blakely. Je traverse le couloir et me dirige vers l'arrière du bâtiment. Je me faufile dans la réserve et contourne l'arrière par une porte cachée qui me mène dans une autre partie du bâtiment, cachée.

Deux minutes plus tard, l'agent Blakely me rejoint.

— Je n'étais pas sûre que tu viendrais, dit Savannah.

Ses longs cheveux blonds sont impeccables, même avec le vent et le froid. C'est toujours étonnant qu'elle ressemble à un putain de mannequin. Elle aurait pu facilement être sous couverture et attirer l'attention de Mikhail.

— Eh bien, je suis là. J'ai pris contact avec Mikhail Barinov la nuit dernière. Il était chez moi, dis-je en évitant de donner des détails sur nous dans la cuisine. Il a passé un appel privé pendant qu'il était dans ma chambre. Tu devrais regarder la vidéo de surveillance pour voir qui il a contacté.

— On s'en occupe déjà.

— Et qu'est-ce qui se passe avec Aaron ? demandé-je.

— Qu'est-ce que tu veux dire ?

Savannah est l'une des rares personnes qui sait qu'Aaron et moi couchions ensemble. Ce n'est pas que je veuille que ce soit connu de tous, je ne le veux pas, mais elle m'avait prévenu que ça pouvait ruiner ma carrière.

— Il a débarqué deux fois hier, une fois à mon travail et une autre fois à ma nouvelle maison.

Les yeux de Savannah s'écarquillent quand elle réalise l'implication.

— Il te suit.

— Ça doit être ça. Il n'a pas l'air de se rendre compte de ma mission, et je ne suis pas à l'aise pour lui dire s'il ne fait pas partie de notre cercle restreint, dis-je.

Ses yeux bleus tressaillent, et son regard se crispe.

— Je vais parler à Barrett du comportement d'Aaron.

Je soupire lourdement.

— Je ne veux pas aggraver les choses. (Je rejette ma tête en arrière et gémis.) Si Mikhail découvre qu'Aaron est du FBI, ça pourrait ruiner toute l'enquête.

— Oublie le fait de ruiner l'enquête. Ça pourrait te faire tuer. (Savannah se rapproche.) Je suis inquiète que tu restes sous couverture. Je pense que tu devrais te retirer avant que ça ne devienne plus compliqué. On peut trouver quelqu'un d'autre et recommencer à zéro pour gagner la confiance de la bratva.

— Non !

Je devrais être reconnaissante que Savannah essaie de me protéger. C'est un bon agent, l'une des meilleurs, mais je ne veux pas être retirée de la mission et réaffectée à une autre enquête, ou pire, forcée de regarder un autre agent interagir avec Mikhail.

Savannah hausse un sourcil.

— Non ? (J

e soupire lourdement et j'essaie de rassembler mes pensées.) J'ai déjà gagné la confiance de Mikhail. Renoncer à tout ça est inutile. Laisse-moi faire mon travail. Garde juste Aaron loin de Mikhail et de la bratva.

— On a entendu dire que le cartel volait la bratva. Tu as entendu quelque chose ?

Je n'ai pas trouvé d'informations sur leurs affaires.

— Non, Mikhail et moi ne parlons pas affaires, dis-je. Il ne me fait pas confiance pour ce genre d'informations.

Il y a un bruit de l'autre côté de la porte, et nous nous taisons toutes les deux. Quelqu'un est dans la réserve.

Qu'il s'agisse d'un employé ou d'un inconnu, nous restons silencieuses jusqu'à ce que nous soyons sûres que nous sommes seules et que personne n'écoute.

La voix de Savannah est à peine plus forte qu'un murmure.

— Tu ne fais pas encore partie de son cercle privé, mais il va t'y faire entrer. C'est inévitable.

— Qu'est-ce qui te fait penser ça ? demandé-je.

Savannah secoue la tête. Elle ne veut pas en parler. Que ce soit parce qu'elle croit que quelqu'un écoute ou parce que nous n'avons plus de temps, je dois retourner dans le café.

— Fais attention à toi, dit-elle.

J'attends un moment, écoutant de l'autre côté de la porte de la réserve.

Silence.

Je me faufile dans la réserve, mais je suis seule. Je ferme la porte derrière moi et me glisse par la porte principale et le couloir. Je fais la queue et me commande un café. Autant que je le fasse puisque je suis ici.

En m'approchant du comptoir, je sens que des yeux me suivent depuis l'autre bout de la pièce. Luka est assis dans un coin de la salle, son regard est fixé sur moi.

Est-ce qu'il me suit ?

La serveuse me tend ma tasse au moment où je paie. Ils sont rapides aujourd'hui.

Je ne veux pas qu'il remarque Savannah, non pas que je m'attende à ce qu'il sache qui elle est, mais c'est mieux de garder son attention entièrement concentrée sur moi. Je bloque sa vue du couloir et le surplombe.

— Qu'est-ce que vous faites ici ? Vous me suivez ?

Luka sourit et hausse les épaules. Il ne dit rien.

— C'est Mikhail qui vous a demandé de faire ça ? De m'espionner ?

Le regard de Luka est fixé sur le mien, ce qui est un soulagement. Je repère Savannah qui se dirige vers l'entrée principale et la sortie.

— Je suis juste là pour un café, dit Luka.

Je jette un coup d'œil à la petite table en face de lui. Il n'y a aucun café dessus. Il n'y a pas de thé et même pas un verre d'eau.

— Vous racontez n'importe quoi. Appelez Mikhail. Passez-le-moi.

Il se penche en arrière sur la banquette, assez content de lui et pas le moins du monde intimidé par moi.

— Mikhail est un homme occupé. Il n'a pas le temps pour vos jeux puérils, dit Luka.

— Mes jeux ? C'est vous qui m'avez suivi dans le café.

J'essaie de parler à voix basse et de faire en sorte que personne ne nous entende, mais c'est difficile de ne pas faire une scène devant lui. Je tiens ma tasse de café dans ma main, en essayant de ne pas faire pression sur le couvercle et le renverser par frustration.

Luka sort son téléphone de la poche de son manteau.

— Bien, je vais l'appeler, mais il ne va pas être content d'avoir de mes nouvelles.

— J'imagine que non quand vous lui direz que je vous ai surpris en train de m'espionner.

Il compose le numéro de Mikhail. Du moins, je suppose que c'est lui qu'il appelle. Il attend un moment avant de parler dans le téléphone.

— J'ai les yeux sur votre amie, mais elle m'a repéré, dit Luka.

Je tends la main en faisant signe que je veux le téléphone.

— Elle veut vous parler, dit Luka en me passant l'appareil.

— Qu'est-ce qui te prend de me faire suivre ?

Je n'essaie même pas de garder ma voix basse. Je sens que plusieurs paires d'yeux me fixent puisque j'interromps leur pause café du matin. Eh bien, tant pis pour eux.

Mikhail s'éclaircit la gorge.

— Luka essayait juste de s'assurer que ton ex-copain te laisse tranquille.

— Je n'ai pas besoin d'un garde du corps, dis-je en fixant Luka tout en parlant à Mikhail au téléphone.

Luka grimace et hausse les épaules, comme si j'en avais peut-être besoin. Qu'est-ce que ce type sait sur Aaron ?

— Je ne suis pas d'accord, dit Mikhail. On peut en discuter ce soir chez moi, après que tu as fini de travailler.

Je ne m'attendais pas à une invitation aussi directe.

— Tu veux me voir ce soir ?

J'avais peur qu'il ait perdu tout intérêt après qu'on ait couché ensemble et qu'il soit parti aussitôt.

— Tu as déjà quelque chose de prévu ? demande Mikhail. Il y a une pointe d'agacement dans son ton.

— Oui, dis-je.

C'est un mensonge. Il ne peut pas penser que je n'ai pas de vie, que je n'ai pas d'amis, ou au moins des collègues de travail avec qui prendre un verre de temps en temps.

— Annule tout, dit Mikhail. (Il est bref et direct.) Il n'y a pas de possibilité de discuter. Tu viens après le travail.

Il est exigeant, un avertissement évident si j'en ai jamais vu un, mais je ne pense pas sortir avec ce type. C'est une mission d'infiltration, et je dois faire tout ce qui est nécessaire pour me rapprocher de lui.

— Tu ne te lasseras pas de moi ? demandé-je en émettant un petit rire nerveux.

Je ne suis pas le moins du monde mal à l'aise, mais je joue la comédie, surtout avec Luka qui surveille tous mes mouvements.

Il n'y a personne en qui je peux avoir confiance dans l'organisation bratva.

— Luka te conduira chez moi quand tu auras fini ton travail. Jusque-là, il a l'ordre de te protéger.

— C'est une façon de voir les choses, marmonné-je
dans le téléphone.

— Quoi ? demande Mikhail.

Je ne suis pas sûre s'il a entendu ma remarque ou s'il
fait semblant de ne pas l'avoir entendue.

— Je te repasse Luka, dis-je en remettant son
téléphone dans sa main.

Je n'attends pas d'entendre un autre mot de Mikhaïl,
et je n'attends certainement pas Luka. Je me
précipite en dehors du café. Ce n'est pas comme si
Luka ne savait pas déjà où j'allais.

————

— Où est mon café ? me demande Hannah alors que
je finis la dernière gorgée de ma boisson et que je
jette le gobelet vide dans la poubelle.

— Au café, dis-je en pointant derrière moi les portes
de l'ascenseur.

Hannah glousse et me donne un coup d'épaule.

— La prochaine fois, achètes-en un pour moi. Je te
rembourserai.

— D'accord. Désolée, je n'y ai même pas pensé.

Je me précipite dans le couloir pour enfiler ma tenue.

Elle me suit, déjà habillée mais semblant vouloir de la compagnie ou parler. Je ne sais pas lequel des deux. Ce n'est pas comme si nous n'avions pas une charge de travail énorme, mais Hannah est le papillon social ici et elle saisit toutes les occasions d'entamer une conversation.

— Tu as l'air distraite. Tout va bien ? demande Hannah.

Je soupire lourdement. Que puis-je partager avec Hannah ? Tout ce que je lui dis pourrait facilement être répété, et lui dire que je suis du FBI est absolument hors de question.

— J'ai commencé à voir ce gars, dis-je.

J'ouvre mon casier et je sors ma tenue de travail.

Elle croise ses bras sur sa poitrine, et ses yeux s'écarquillent.

— Continue.

Elle veut des détails.

Je m'habille aussi vite que possible. Plus vite j'aurai fini, moins j'aurai à raconter d'histoires.

— Ma voiture est tombée en panne, la version courte, il m'a laissé dormir chez lui, et maintenant on est... enfin, je ne sais pas ce qu'on est, mais on a couché ensemble.

— C'est le type qui s'est pointé en bas hier après le boulot ?

— Non, c'est mon ex-petit ami. Un autre problème que je dois gérer ici, dis-je.

Je finis de m'habiller et j'enfile mes chaussures.

— Eh bien, je vais faire attention à cet ex. Si je le vois, je ne le laisserai pas s'approcher de toi.

Hannah lève les bras comme si elle allait sur un ring de boxe pour me protéger.

Je souris.

— Merci.

J'attrape mon badge, et le place sur ma blouse.

— Tu as un nouveau patient dans la 218, dit Hannah. (Son teint est macabre. Il y a quelque chose derrière ses yeux. Est-ce de la peur ?) Je suis désolée.

Ses mots sont à peine plus qu'un murmure, mais je les entends alors qu'elle se précipite à l'autre bout du couloir.

— Je ne comprends pas, murmuré-je dans mon souffle.

Pourquoi s'excuse-t-elle ?

Alors que je m'approche du poste des infirmières, la chambre 218 est juste de l'autre côté du couloir. Je jette un bon coup d'œil à l'homme costaud dans son costume suave et ses cheveux recouverts d'un peu trop de gel, qui ont l'air un peu craquants.

Il monte la garde devant la 218.

Ses bras sont croisés sur sa poitrine, ses yeux sont crispés et son regard me suit lorsque je traverse la pièce.

Pourquoi y a-t-il un garde du corps ? L'homme n'est pas russe et certainement pas un des hommes de Mikhail, mais je le reconnais.

Il est Colombien et fait partie du Cartel Sanchez, Enrique Sanchez.

Heureusement, nos chemins ne se sont jamais croisés auparavant. Je me dépêche de passer le garde et de contourner le poste des infirmières derrière le bureau pour examiner le dossier et les informations sur notre nouveau patient, Victor Hernandez, dans le système informatique.

L'homme a récemment été opéré après avoir reçu quatre balles dans la poitrine.

Aïe.

Qui lui a tiré dessus ?

C'est pour ça qu'il a un garde du corps posté à l'extérieur de sa chambre ? Ce n'est pas un officier ou quelqu'un de l'équipe de sécurité de la clinique qui surveille le patient.

Je lève discrètement les yeux vers l'homme qui monte la garde. C'est l'un des quelques dizaines d'hommes qui font l'objet d'une enquête pour blanchiment d'argent et trafic de drogue.

Je ne reconnais pas le nom du patient, ce qui signifie que ce n'est pas leur chef, Carlos Sanchez, ou un de leurs supérieurs.

Ce n'est pas un secret que le cartel se développe dans la ville et qu'il est hostile à la Bratva.

Est-ce que la Bratva a fait ça ? Laisser cet homme à nos soins avec quatre blessures par balle dans la poitrine. C'est un miracle qu'il soit encore en vie.

Je me dirige vers la chambre du patient, mais Enrique m'arrête avant que je puisse mettre un pied à l'intérieur.

— Je dois aller voir le patient, dis-je en montrant la porte. Allez-vous me laisser passer, ou dois-je appeler la sécurité pour vous faire sortir ?

Enrique s'écarte et me laisse passer avant de bloquer à nouveau l'entrée de la porte.

Ce n'est pas étonnant que Hannah se soit excusée que je doive avoir affaire au cartel. Savait-elle que c'était le cartel, ou était-elle juste inquiète parce que le gars qui se tient devant la porte de la chambre d'hôpital a l'air intimidant ?

Victor est endormi lorsque j'entre dans sa chambre. Je tape sur le clavier de la console de sa chambre et ouvre son dossier médical électronique pour noter ses signes vitaux. Je passe en revue les mouvements, la tension artérielle, le pulsomètre, la température, et il ouvre les yeux.

Ils sont vitreux et rouges.

— J'ai bientôt fini, dis-je. Je peux vous apporter quelque chose ?

Son regard se pose sur ma tenue de travail.

— Où est la mini-jupe ? demande-t-il. Je pensais que les infirmières portaient ces petits uniformes sexy pour que les patients se sentent mieux.

Si je n'étais pas sous couverture, j'aurais assommé ce bâtard.

— C'est mon uniforme, fulminé-je.

Je ne fais même pas de faux sourire.

Sa main se tend, et je me recule de sa portée avant qu'il ne puisse me toucher. Je note ses signes vitaux et verrouille la console avant de quitter la pièce.

Le musclor devant la porte s'écarte.

Deux autres infirmières me regardent de façon désolée pour avoir affaire à Victor.

Réalisent-elles qu'il fait partie du cartel ou se sentent-elles juste mal que je sois la nouvelle et que je reçoive les patients dont elles ne veulent pas s'occuper ?

J'attrape le bras d'Hannah et la tire dans un autre couloir, hors de vue du garde du corps.

— Le cartel amène-t-il souvent ses hommes ici pour des soins ?

— Ils sont du cartel ? Les yeux d'Hannah s'écarquillent. Je pensais que c'était juste un sale dealer de drogue d'un gang. C'est la première fois que je le vois, mais le garde du corps, c'est pratiquement un habitué. Peut-être une fois tous les quelques mois, ils amènent quelqu'un qui s'est fait tirer dessus ou poignarder et qui doit être opéré. On tire à la courte paille pour décider qui s'en occupera.

— Et je suis la nouvelle infirmière du service, alors on m'a choisie ? (Je ne suis pas le moins du monde offensée. J'ai assez souvent affaire à des voyous et des voleurs dans mon travail. Je souris faiblement à Hannah, je ne veux pas qu'elle pense que je suis en colère contre elle.) C'est bon. Je peux m'occuper de lui.

— Le garde du corps ou le patient ? demande Hannah.

Elle rit nerveusement et triture ses mains devant elle.

— Les deux. J'ai déjà rencontré ma part d'ogres.

— Ok, bien.

Elle glousse, et la tension se relâche de ses épaules.

À l'approche du déjeuner, je me rends à la cafétéria pour manger un morceau.

En sortant de l'ascenseur, deux hommes se disputent. L'un est Mikhail Barinov. L'autre est Carlos Sanchez.

Le cartel et la bratva.

Je contourne l'agitation et me dirige vers la cafétéria, hors de vue. Je ne suis pas sûre, mais Mikhail m'a peut-être repérée. Quand bien même, je ne vais pas me retrouver au milieu de deux hommes qui s'affrontent et se lancent des menaces.

Les deux hommes provoquent une certaine agitation, attirant plusieurs curieux, et finalement, j'entends les lourdes bottes de la sécurité qui obligent les deux hommes à mettre fin à l'échange.

Je paie mon repas et m'assois à une table voisine. Je peux voir le chaos à travers la vitre. Il n'y a pas beaucoup de chaises disponibles, et bien que je préférerais me cacher dans un coin et ne pas être vue, la seule chance que j'ai de le faire est d'amener ma nourriture à l'étage de l'unité.

— Madisyn ! Mikhail crie mon nom alors que les agents de sécurité interviennent.

Son regard est fixé sur moi.

Même si je voulais me cacher, où irais-je ? Sous la table ?

Je pousse un gros soupir et me lève, laissant mon plateau de nourriture sans surveillance tandis que je sors de la cafétéria pour me rendre dans le couloir où les deux hommes se chamaillent.

Victor est escorté vers la porte d'entrée.

Mikhail n'a pas l'air de vouloir partir.

— Monsieur, on va devoir vous demander de partir, dit l'agent de sécurité.

— Madisyn ! Elle peut se porter garante de moi, dit Mikhail.

Je marche dans le couloir, regrettant de ne pas pouvoir être invisible.

Pas de chance.

— Connaissez-vous ce monsieur ? demande l'agent de sécurité.

Les yeux de Mikhaïl cherchent frénétiquement les miens, me suppliant silencieusement de l'aider.

— Malheureusement, oui.

HUIT

Mikhail

Je n'avais pas l'intention d'impliquer Madisyn, mais la sécurité à deux balles de la clinique ne sait pas qui je suis. Je devrais le faire virer pour avoir essayé de me forcer à partir.

Je suis en partie propriétaire de cet établissement, pas juste un client.

C'est pourquoi je suis furieux que Carlos Sanchez se présente pour des soins médicaux. Il y a d'autres hôpitaux, cliniques, médecins qu'il pourrait voir ailleurs.

Il n'a pas à piétiner mon territoire parce que c'est pratique pour lui.

— Pouvez-vous lui dire qu'il doit partir, ou nous devrons contacter la police ? dit l'agent de sécurité à Madisyn.

Elle est en tenue de travail, ses cheveux sont légèrement ébouriffés, et elle a l'air épuisée.

Est-ce ma faute ? Elle n'a pas réussi à se rendormir après mon départ ?

— Viens, je vais t'accompagner dehors, dit Madisyn.

Je ne sais pas trop pourquoi j'ai pensé qu'elle tiendrait tête à l'agent de sécurité et dirait à ce salaud de me laisser tranquille, que je suis avec elle. C'était naïf. Ce n'est pas son combat. Bon sang, elle ne sait même pas ou ne comprend pas pourquoi je me dispute avec Carlos Sanchez.

Je me dégage de l'emprise du garde et accompagne Madisyn dehors. L'agent de sécurité me surveille pendant tout ce temps. Elle n'a pas besoin de sortir dans le froid, et elle frissonne lorsque les portes automatiques s'ouvrent et qu'une bouffée d'air froid s'engouffre dans le hall.

— Tu veux me dire ce qui se passe ? demande Madisyn.

Ce n'est pas une surprise qu'elle ait beaucoup de questions, et je veux lui parler, mais j'ai besoin de savoir que je peux lui faire confiance, qu'elle est loyale et qu'elle assure mes arrières.

— A part que cet homme n'a rien à faire ici ?

Elle offre un faible sourire alors qu'elle sort à côté de moi.

— Tu vas bien ?

Il fait glacial. Le soleil est haut dans le ciel, mais je peux voir ma respiration à chacune de mes expirations.

Madisyn doit avoir froid. Elle s'entoure de ses bras et passe d'une jambe à l'autre pour se réchauffer.

Je n'ai pas envie qu'elle prenne froid à cause de moi.

— Retourne à l'intérieur avant de tomber malade. Je fourre mes mains dans les poches de mon manteau.

— Je ne sais pas ce qui se passe, mais tu dois partir avant que ce vigile n'appelle les flics, dit Madisyn en jetant un coup d'œil par-dessus son épaule.

L'agent de sécurité est toujours debout dans le couloir, regardant l'échange entre nous. Non pas qu'il puisse entendre un mot de ce que nous disons, mais il est probablement en train de s'assurer que je vais partir. Il a un talkie-walkie à la main, et je suis sûr que si je ne continue pas à bouger, il va faire intervenir la police locale.

Je n'ai pas besoin de plus de scènes ou de problèmes.

Il n'y a aucun signe de Carlos dehors. Il a probablement déjà pris un taxi et est parti.

— Ok, je vais y aller. Mais Carlos n'a rien à faire ici. Je ne veux pas qu'il remette les pieds dans ce bâtiment.

Je suis un des propriétaires de l'établissement. N'ai-je pas mon mot à dire sur qui on laisse entrer par la porte d'entrée ?

— Règle ça un autre jour. Ok ? dit Madisyn. Peu importe ce qui se passe, va faire un tour, détends-toi.

— Je ne peux pas. Un de mes hommes s'est fait tirer dessus à cause de ce bâtard, Carlos.

J'ai essayé de garder mon calme et de gérer ça professionnellement. Je me suis présenté à la clinique, à la recherche de Madisyn.

Je ne m'attendais pas à trouver le cartel traînant en bas dans le hall.

Il y a eu une fusillade entre mes hommes et le cartel. Je n'ai pas pensé qu'on se retrouverait tous les deux au même endroit pour se faire soigner.

Aller à l'hôpital est hors de question. Un de nos gardes au portail principal, Ivan, s'est fait tirer dessus quand le cartel a menacé notre maison.

Ils ne sont jamais entrés à l'intérieur. C'était un avertissement parce que nous nous rapprochons de Carlos. Il a envoyé ses petits voyous pour se venger.

— J'ai besoin que tu viennes avec moi.

— Quoi ? Maintenant ? Madisyn jette un coup d'œil au bâtiment derrière elle. Je dois être remontée dans vingt minutes.

La route nous prendra au moins cette durée pour arriver à la propriété, sans compter le temps qu'il faudra pour recoudre Ivan.

— Viens avec moi. Ce n'est pas une demande. C'est un ordre.

J'attrape son bras et l'emmène vers le 4x4 qui attend. Le véhicule est garé près de l'entrée principale.

Ivan est allongé sur le siège arrière. Je voulais l'emmener se faire soigner, mais si le cartel traîne autour du centre médical, alors ce n'est pas sans danger pour lui.

— Monte, dis-je.

J'ai mon arme sur moi, et je pourrais la menacer avec si elle n'obéit pas.

Elle sent mon empressement et grimpe sur le siège arrière.

— Il doit aller à l'intérieur pour être soigné, dit Madisyn en grimpant sur la banquette à côté de lui.

— Pas avec le cartel qui traîne dans le coin. Je suis allé chercher une chaise roulante pour le faire rentrer, mais je suis tombé sur Carlos à la place.

Je monte sur le siège avant.

Le moteur est allumé. Le véhicule est déjà chaud.

J'appuie sur l'accélérateur, et on avance d'un bond. Je ne peux pas rester à attendre que la sécurité ou les flics se pointent, pas avec Ivan qui perd déjà beaucoup de sang sur le siège arrière.

— Où est-ce que tu nous emmènes ? demande
Madisyn.

— Dans ma propriété, dis-je en regardant dans le
rétroviseur.

Il n'y a aucun signe de Carlos ou du cartel.

Elle soupire lourdement.

— Enlève ton manteau.

— Quoi ? demandé-je, en jetant un regard en arrière
vers elle.

— Je dois arrêter l'hémorragie. Je n'enlève pas ma
blouse. Je n'ai rien en dessous. Donne-moi ton
manteau, dit Madisyn. La fille me donne
pratiquement des ordres, mais je fais ce qu'elle me
demande.

Je l'enlève en conduisant, ce qui n'est pas une mince
affaire, et je le lui tends entre les deux sièges.

— Tiens.

Je lui demanderais bien de ne pas mettre de sang
dessus, mais comme je pense qu'elle va le plaquer
contre sa blessure pour arrêter l'hémorragie, je

suppose que je vais perdre 800 dollars pour un manteau de costume.

— Laisse-moi l'emmener dans la clinique, dit Madisyn. Si c'est à propos du garde...

— Ça n'a rien à voir avec ce stupide garde, marmonné-je.

La circulation est bouchée devant. Je tourne brusquement à droite, et Ivan gémit à cause de la douleur, ou peut-être que c'est le virage soudain et intense qui n'aide pas.

— Tu ne pourrais pas conduire un peu plus prudemment ? Madisyn me crie dessus.

— La circulation était bloquée. J'essaie de nous faire arriver rapidement et en un seul morceau.

J'aurais peut-être dû la laisser au travail et prendre une autre infirmière, quelqu'un de plus gentil.

J'appuie plus fort sur l'accélérateur, entre et sort des routes secondaires, et grille deux feux de signalisation juste avant qu'ils ne deviennent rouges, puis brûle un stop.

Je garde un œil sur d'éventuels flics, mais je suis pressé.

— Comment va-t-il derrière ? demandé-je.

— Il a perdu beaucoup de sang. Son pouls chute. J'ai besoin que tu fasses demi-tour et que tu nous ramènes à la clinique.

Je souffle en silence.

— Aucune chance que ça arrive. Pas tant que le cartel attend qu'on se montre.

— Le cartel ne vous attend pas, dit Madisyn.

Elle est un peu trop rapide avec sa réponse.

— Qu'est-ce que tu veux dire ? grogné-je.

Que sait-elle qu'elle ne me dit pas ?

— Un de mes patients semble faire partie du cartel, dit Madisyn. Il avait un garde du corps à l'extérieur de sa chambre.

— Quel est son nom ?

J'arrêterais bien le 4x4 pour interroger Madisyn, mais chaque seconde est une question de vie ou de mort pour Ivan.

Mon soldat sur le siège arrière respire difficilement, et les gémissements et signes d'agonie diminuent.

— Je ne peux pas te dire ça, et ce n'est pas le moment, Mikhail, me lance-t-elle.

Elle est énervée.

Peut-être que je le mérite. Mais encore une fois, je suis encore sous le choc d'avoir découvert que son ex-petit ami est un agent fédéral. Je n'ai certainement pas besoin qu'il fouine autour de moi.

— Garde-le en vie, *Kisa*. Ta vie en dépend.

— Ma vie ? demande Madisyn, sa voix devenant plus forte. J'ai quitté le travail plus tôt et je vais probablement me faire virer pour t'avoir aidé. Alors, oui, ça semble juste, menacer ma vie alors que je ne fais que t'aider.

Elle est culottée. Je lui accorde ça.

— Vraiment ? C'est tout ce que tu fais ? Tu ne travailles pas avec ton ex-copain pour trouver des infos sur moi ?

Je lève les yeux dans le rétroviseur, la fixant du regard.

Ses sourcils sont froncés, et dès que nos regards se croisent, elle secoue la tête et ramène toute son attention sur Ivan.

Bien, elle doit le garder en vie.

Je ne veux pas avoir à la tuer. Ce serait vraiment dommage.

— J'ai découvert que ton ex est un agent fédéral. Comme dans Agent Spécial du FBI, dis-je.

Elle ne me regarde pas, elle se concentre sur Ivan.

Je reporte mon regard sur la route, là où je dois être attentif. Un autre virage serré à droite et je nous ai fait contourner l'embouteillage.

— Ouais, et alors ? C'est juste son travail. En quoi c'est important ? demande Madisyn.

Je me racle la gorge. Quand elle le dit comme ça, je me sens comme un con.

Je ne lui ai pas dit que je suis de la bratva ou que mes associés sont mes frères de sang.

Je n'ai pas envie de coucher avec quelqu'un qui pourrait livrer mes secrets à l'ennemi.

— Je n'aime pas que les flics fouinent autour de ma propriété, dis-je. (Je dois lui demander pour la clé USB, même si je ne veux pas lui dire qu'elle a disparu.) Tu as volé quelque chose qui m'appartient ?

— Bien sûr que non ! De quoi tu parles ? Qu'est-ce que j'aurais pu voler ?

Je ne réponds pas à sa question. Je reviens à la conversation sur Aaron.

— Vous êtes amis, lui et toi ? Je n'aime pas la façon dont il a débarqué hier soir.

— Est-ce qu'on avait l'air d'être amis hier soir quand il est venu chez moi pour me harceler ? réplique Madisyn.

Elle a raison. Et c'est pour ça que j'ai demandé à Luka de la surveiller de près, en lui assignant un garde du corps au cas où il se manifesterait à nouveau. Bien qu'à ce moment-là, il s'agissait plutôt de la protéger, maintenant j'ai besoin que Luka la surveille pour s'assurer qu'elle ne lui divulgue rien.

D'autant plus que maintenant que je lui demande d'aider Ivan, elle va voir des choses qu'elle ne pourra pas oublier.

Nous nous arrêtons devant le portail. Un de mes hommes nous laisse entrer et ferme le dispositif métallique derrière nous. Je me gare devant l'entrée principale et je coupe le moteur.

La porte d'entrée s'ouvre. Le gardien a dû prévenir mes hommes à l'entrée. Nikita et Dimitri se précipitent dehors et ouvrent la porte arrière, aidant à porter Ivan à l'intérieur. Il s'affaisse en avant, et chaque homme met un bras autour de ses épaules alors qu'ils le manœuvrent pour monter les marches principales et entrer dans le bâtiment tout en essayant de maintenir la veste ensanglantée en place pour l'empêcher de se vider de son sang.

Ivan est pâle. Il a toujours eu le teint un peu clair, mais il a l'air affreux. La transpiration apparaît sur son front alors que mes hommes le transportent à l'intérieur.

Je jette mes clés à Luka qui me suit dehors.

— Gare-la pour moi, dis-je.

Madisyn sort de la banquette arrière après qu'Ivan ait été sorti par deux de mes hommes.

— Tu viens avec moi à l'intérieur, lui dis-je en lui faisant signe de me suivre.

Elle est juste derrière moi.

Ses mains sont couvertes de sang, sa blouse est marquée de pourpre, tachée d'avoir aidé un de mes hommes.

Elle aura besoin de changer de vêtements et de prendre une douche, mais pas avant d'avoir remis Ivan en état. Elle a du travail à faire.

Madisyn me suit de près. Elle est à l'intérieur et m'accompagne dans le hall où mes hommes ont emmené Ivan.

— Tu vas avoir besoin de matériel, dis-je en la conduisant vers une armoire de rangement.

J'ouvre la porte du placard et ignore le regard qu'elle me lance. Elle est surprise que je sois préparé. Elle ne serait pas choquée si elle savait que ce n'est pas notre premier rodéo. Les attaques au couteau et les blessures par balle sont des conséquences malheureuses de notre travail.

Il y a plus que du matériel de base dans l'armoire. J'ai tout, des agrafes pour la peau de qualité médicale aux aiguilles à suture. Il y a beaucoup de gazes, d'alcool à 90°, un assortiment de médicaments illicites et sur ordonnance, et du matériel de perfusion pour les petites chirurgies.

Il y a deux ans, j'ai perdu un homme parce que je n'avais pas le bon équipement. C'est pourquoi je me suis associé avec Steele Concierge Medical. C'était censé rendre les choses plus faciles. Ils ne posent pas de questions et n'impliquent pas la police. Mais le cartel n'était pas censé être là non plus.

C'était exclusivement notre établissement, avec quelques milliardaires et riches hommes d'affaires qui voulaient les avantages d'une clinique privée.

Ce n'était pas censé être ouvert au public. Pourquoi diable Carlos traînait-il dans le hall ? Si ses hommes avaient besoin de soins médicaux, ils pouvaient aller à l'hôpital.

Madisyn avait mentionné qu'un de ses complices était dans son unité.

Qui ?

Ivan avait tiré sur un salaud qui l'avait attaqué, mais le temps que mes hommes arrivent pour le couvrir, le cartel s'était enfui.

———

— Tu as fait du bon travail, dis-je alors qu'elle termine les derniers points de suture sur l'abdomen d'Ivan après avoir retiré les balles.

— Il va avoir besoin de repos, et il devrait vraiment prendre des antibiotiques pour s'assurer que ses blessures ne s'infectent pas.

— Dis-moi ce dont il a besoin, et je le lui fournirai, dis-je.

Il ne va pas à l'hôpital, et on ne va certainement pas à Steele tant que le cartel n'est pas parti.

— Je n'ai pas mon carnet d'ordonnances, dit-elle.

Je n'avais pas réalisé qu'elle était infirmière praticienne et pouvait prescrire des médicaments. La garder près de nous serait pratique.

Bien que je ne lui avais pas vraiment demandé ce qu'elle faisait dans la vie.

— C'est bon. Ecris juste ce dont il a besoin. Je m'occupe du reste, dis-je.

Je lui donne un bloc de papier, et elle note les médicaments et les dosages.

Après qu'elle a écrit les informations, je les donne à Dmitri.

— Occupe-toi de ça, dis-je.

— C'est comme ça que tu gères les choses ? demande Madisyn. Tu demandes à tes hommes de le faire pour toi ?

— Je donne des ordres aux hommes en qui j'ai confiance.

Je la regarde de haut en bas.

Elle est couverte de sang séché. Même avec les gants qu'elle avait utilisés pour l'opérer, elle avait encore du sang sur ses vêtements et l'avait manipulé à l'arrière du 4x4.

— Viens avec moi.

Elle me suit, mais elle n'est pas du tout silencieuse.

— Où est-ce qu'on va ?

— Tu as besoin d'une douche. Tu es couverte de sang, et je dois me débarrasser de tes vêtements. Il n'y a aucune chance que la quantité de sang qui a coulé sur sa blouse parte. Enlève tes chaussures, ordonné-je avant de monter l'escalier.

Elle enlève ses chaussures noires. Elles sont au moins passables. Le noir cache le sang, mais ça ne veut pas dire qu'il n'y a pas de traces sur elle.

— On s'en occupera, dis-je. Viens avec moi.

Je la conduis dans la cage d'escalier et dans ma chambre. Elle utilisera ma salle de bain privée.

J'ouvre la porte de la chambre, j'allume la lumière et je la conduis à l'intérieur, en la fermant et en la verrouillant derrière elle.

— Déshabille-toi.

— Pardon ?

— Tu dois te doucher, et je dois me débarrasser de tes vêtements. Enlève tout. Je lui fais signe de se dépêcher.

— Bien. (Elle se dirige vers la salle de bain, mais je l'empêche de fermer la porte.) Qu'est-ce que tu crois faire ? Ce n'est pas un spectacle gratuit.

— Mais si, ça l'est, dis-je en inclinant la tête et en la regardant fixement. Tu vas te déshabiller, entrer dans la douche, et te laver. Et je vais te regarder.

— Pardon ?

Sa bouche reste ouverte.

Bien.

— Je n'ai pas envie que tu gardes la moindre preuve de ce qui s'est passé ce soir. Je dois m'assurer que tout est parti. Détruit ou rejeté dans les égouts. Maintenant déshabille toi.

— Je ne me déshabille pas devant toi, me grogne Madisyn.

Je rigole doucement.

— Ce n'est pas ce que tu as dit hier soir.

Ses yeux se rétrécissent, et elle tire sur le haut ensanglanté pour le faire passer par-dessus sa tête et me le jeter à la figure.

— Tu es un connard.

— C'est possible, mais tu m'as quand même baisé. Tu as trouvé quelque chose d'irrésistible chez ce connard.

Je souris, appréciant le spectacle.

Elle est énervée et en feu.

— Oh, j'ai de quoi résister maintenant que je te vois tel que tu es vraiment ! Madisyn enlève le bas de sa tenue et le jette sur moi.

J'attrape son pantalon cette fois, le tenant froissé dans mes mains avec son haut.

— La culotte aussi, dis-je en lui faisant signe avec deux doigts de me la donner.

— Pourquoi ? Il n'y a pas de sang dessus.

— Non, mais c'est la mienne.

Elle lève les yeux au ciel, s'empresse de la baisser et me la lance à la figure. J'attrape la culotte en dentelle noire et la porte à mon nez. Ce faisant, je sens son humidité sur le coton.

— Tu es excitée là maintenant.

J'aurais dû le voir, la posture, son regard noir, ses joues rouges et rosées.

— Le soutien-gorge aussi, et les chaussettes doivent partir.

Elle dégrafe son soutien-gorge, puis fait glisser une chaussette à la fois avant de me fourrer les objets dans les mains.

— Tu es content ? Tu m'as forcée à me déshabiller. Quel genre d'homme ça fait de toi ?

— Je le fais pour te protéger. Comment expliquerais-tu le sang si quelqu'un le voyait sur ta blouse ?

— Je travaille dans l'industrie médicale. Ce ne serait pas la première fois que du sang ou du vomi se retrouve sur mes vêtements.

La quantité de sang sur ses vêtements de travail n'est pas une chose qu'on peut négliger.

— Va dans la douche.

Elle se dirige vers la douche de la salle de bain, tire la porte en verre et allume l'eau. Il faut un moment pour que l'eau se réchauffe avant qu'elle n'entre dans la cabine. Je ferme la porte coulissante, la vitre laissant entrevoir sa silhouette, mais croyez-le ou non, je ne suis pas là pour le spectacle.

J'ai besoin de savoir sans aucun doute que je peux lui faire confiance, qu'il n'y a plus de sang sur elle.

Ce qui signifie un nettoyage complet. Elle ne peut avoir aucune preuve sous ses ongles ou une tache manquée dans son dos.

Je devrais la rejoindre.

Je me déshabille. Ma chemise a des taches de sang sur le col et les manches, mais ce n'est pas aussi visible que les vêtements de Madisyn.

Mon pantalon a probablement du sang, mais le noir le rend difficile à voir. Je vais brûler mon costume avec ses vêtements, ça ne sert à rien de risquer de laisser des traces de l'attaque.

Quand on est une bratva, on doit toujours prendre des précautions.

— Je viens avec toi, l'avertis-je en ouvrant la porte de la douche.

— Quoi ? Ses yeux sont fermés, et sa tête est en arrière sous le jet.

L'eau tombe sur elle, en cascade sur sa peau nue. Elle est irrésistible.

— Je dois m'assurer que tu enlèves tout le sang, et j'ai besoin de prendre une douche aussi, dis-je.

Ses yeux s'ouvrent, et elle me regarde de haut en bas.

— Excuse bidon. Si tu voulais prendre une douche avec moi, tout ce que tu avais à faire était de le dire.

Ma lèvre supérieure se retrousse quand je lui grogne gentiment dessus, attrapant Madisyn par la taille en la tirant contre moi.

— Je dois m'assurer que tu es propre. Chaque centimètre de toi.

Je me penche plus près, mes lèvres taquinent les siennes mais ne l'embrassent pas vraiment. La vapeur de la douche se mêle à la chaleur et à la passion qui se développent entre nous.

— Tu vas me débarrasser de toute cette saleté ? demande-t-elle.

— Si je dois tout enlever, je le ferai, murmuré-je.

J'effleure ses lèvres avec les miennes et je tire sur sa lèvre inférieure, l'amenant entre mes dents.

Elle gémit et frémit dans mes bras.

L'eau est claire. La plus grande partie du sang qui recouvrait sa peau a coulé dans la canalisation avant que je ne rentre dans la douche avec elle.

J'attrape sa mâchoire, tournant légèrement sa tête d'un côté à l'autre. J'aime la tenir, la contrôler, mais j'examine aussi sa peau de porcelaine pour m'assurer qu'il n'y a pas de restes de sang.

— Je ne peux pas te laisser avec ne serait-ce qu'une tache de sang sur ta peau.

— Pourquoi ? murmure-t-elle en me fixant à travers des yeux lourds.

Me demande-t-elle vraiment ça ?

— Ton petit ex-copain adorerait...

Je me retiens de développer davantage.

— Adorerait quoi ? demande Madisyn.

Sa tête est inclinée sur le côté, ma main sur sa mâchoire, et je la lâche.

Il adorerait me mettre derrière les barreaux.

— Ce n'est pas important, dis-je.

Ce n'est pas comme si le sang venait d'un meurtre que j'ai commis. On a été attaqués, mais la police et les fédéraux ne sont pas nos amis. On ne peut pas leur faire confiance. Pas maintenant et certainement jamais.

Ils peuvent déformer les faits, et je ne crois pas qu'ils n'utiliseront pas Madisyn contre moi, surtout son ex-petit ami pourri.

Hâtivement, je la retourne face au jet de la douche, la poussant contre la cabine de douche.

Sa main s'appuie sur le carrelage en ivoire tandis que l'eau dégouline sur chaque centimètre de sa peau nue. Elle est reluisante et sexy. Je veux l'entendre crier mon nom en extase.

Ma bouche effleure son oreille.

Elle frissonne dans mon étreinte.

— Dis-moi que tu veux ça, chuchoté-je.

— Je te veux, répond Madisyn.

Elle tourne la tête sur le côté et se tortille dans ma prise, essayant de se retourner.

Je ne la laisse pas faire.

— Et tu m'auras, mais sache que tu en as trop vu, lui dis-je en l'avertissant du danger dans lequel elle s'est embarquée dans nos affaires. Il n'y a pas de retour en arrière possible.

Même si on ne lui a pas laissé le choix, elle est impliquée et il n'y a pas moyen de s'échapper de ce monde obscur.

— Je ne le voudrais pas, dit-elle.

Ses mots sont comme une symphonie. Mes doigts se perdent dans ses longs cheveux, les tirant sur un côté de son épaule, tirant une poignée de ses mèches vanille.

— Tu es à moi, *Kisa*. Tu appartiens à la bratva et à moi.

Je scelle son destin avec un baiser fougueux.

Elle ne recule pas et ne s'éloigne pas. Elle ne peut pas lutter contre son destin. Elle y succombe comme si elle était faite pour être ici, pour être sous mes ordres.

En général, je n'autorise pas les femmes dans mes rangs à travailler sous mes ordres. Elles ont tendance à compliquer les choses, ou plutôt, les relations ont tendance à le faire, mais il n'y a pas de retour en arrière. Elle a vu couler le sang d'un de mes hommes et a aidé à le soigner.

Il n'y a pas eu de questions, pas de curiosité flagrante. Elle a obéi comme une bonne petite fille, et je vais la récompenser.

Mes doigts caressent sa poitrine et glissent sur son ventre.

Elle pose une main contre la paroi de la douche et, de l'autre, elle s'agrippe à ma hanche par derrière. Ses mouvements sont brusques, et ses ongles griffent ma peau. Elle me cherche, me suppliant silencieusement de la baiser.

Et je le ferai, *Kisa*. En temps voulu.

— Jure-moi que tu es loyale.

Je lui mordille le cou, laissant une marque contre sa clavicule. Elle est à moi, et je veux que tout le monde sache qu'elle m'appartient.

La voix de Madisyn est à peine plus qu'un murmure. Elle est noyée par le bruit de la douche qui bat contre mon dos.

— Je le jure.

Je lèche le long de sa clavicule, où il y a une légère tache rouge. Mes doigts se promènent sur sa hanche et entre ses cuisses, écartant davantage ses jambes.

— Promets-moi que tu seras obéissante.

Je veux entendre sa déclaration. J'attends de la toucher là où elle a envie de ressentir du plaisir jusqu'à ce que j'aie entendu tout ce dont j'ai besoin sur ses lèvres.

Elle penche la tête. Un bras soutient son poids contre le mur de la douche. L'autre se promène dans mes cheveux.

Elle est désespérée. Je peux sentir son besoin et son désir pour moi.

— Je promets, dit-elle en gémissant.

Mes doigts taquinent ses plis. Elle est déjà mouillée pour moi.

Je mets mes doigts dans ses cheveux et ramène sa taille contre la mienne.

— Tu es à moi, *Kisa*.

Je plonge ma bite en elle.

Elle gémit et geint pendant que je remplis sa chatte. Je la penche en avant et je continue à la pénétrer.

Une de mes mains s'agrippe à sa hanche, l'autre à ses cheveux, la maintenant penchée en avant.

Ses parois se resserrent autour de ma bite, en tremblant et spasmant. Je peux la sentir à la limite.

— Mikhail, elle halète, son souffle coupé, sur le point d'exploser.

Mais je ne la laisse pas jouir tout de suite. C'est moi qui contrôle, pas elle.

Je veux la baiser plus fort, plus vite, et sentir la décharge de puissance dans mon corps, mais pas encore.

Je coupe l'eau, satisfait que nous soyons tous les deux propres après ce qui s'est passé plus tôt.

Elle se lève et se retourne pour me faire face. Ses joues sont rouges, et elle respire difficilement.

— Où vas-tu ? demande Madisyn.

— Hors de la douche, lui ordonné-je.

Je ne réponds pas à sa question. Elle m'obéira comme elle l'a promis et sera récompensée pour sa soumission.

J'ouvre la porte de la douche et en sors, je prends une serviette et la lui lance pour qu'elle se sèche. J'en prends une pour moi et je m'empresse d'essuyer les perles d'eau qui recouvrent ma peau.

Je suis dur comme de la pierre, et elle ne manque pas de remarquer mon désir.

Je lui laisse quelques secondes pour se sécher avant d'ouvrir la porte de la chambre.

— Suis-moi.

Elle passe la serviette sur son corps. Ses cheveux sont ruisselants et elle retire la serviette assez longtemps pour essayer d'attraper quelques gouttes d'eau dans ses boucles.

Je suis heureux qu'elle ne me résiste pas et qu'elle fasse ce que je lui demande. C'est rare de trouver une telle merveille.

— Monte sur le matelas, sur le dos.

Elle laisse tomber la serviette sur le sol et fait ce que je lui dis.

Ma serviette rejoint la sienne en un tas alors que je réduis la distance entre nous.

— Touche-toi, dis-je en fixant ses yeux marron foncé.

— Quoi ? Sa voix couine.

Il y a de l'inquiétude dans son regard.

Je m'approche, me mettant à quatre pattes sur le matelas. Je ne la touche pas, je me contente de planer au-dessus.

— Je veux te regarder te donner du plaisir.

Sa langue sort et passe sur sa lèvre supérieure.

— Je n'ai jamais...

— Je ne te crois pas.

— Tu ne m'as pas laissé finir, dit-elle. (Le rougissement de tout à l'heure s'est étendu sur ses joues et son cou.) Je n'ai jamais fait ça devant quelqu'un, dit-elle.

— Bien, dis-je en souriant. Je vais être ton premier.

Un sentiment de fierté me traverse.

— Je te laisserai même jouir si tu peux le faire devant moi.

Elle serre les lèvres l'une contre l'autre et laisse échapper un rire nerveux. Ses doigts descendent entre ses cuisses. Elle commence à frotter le long de sa fente jusqu'à son clitoris.

Je sens son excitation et j'ai envie de la goûter, de la dévorer, de la sentir exploser contre mes lèvres. Mais je la fais attendre, et cela ne fait que rendre ma bite plus dure.

— Dis-moi ce que tu fais, dis-je.

Sa voix est à peine plus qu'un murmure, et ses yeux se sont fermés.

— Je me touche.

— Regarde-moi, ordonné-je.

Ses yeux s'ouvrent paresseusement, et sa respiration devient plus profonde tandis que ses doigts glissent sur les lèvres de sa chatte.

— Bonne fille, dis-je, fier.

Je me déplace vers le bord du lit, observant ses gestes tandis que sa perle gonfle et qu'elle la titille.

Ma bite palpite en la regardant, et j'imagine qu'elle a très envie que ma bite la remplisse.

— Change de main. Je veux te goûter, dis-je.

Je passe ma main sur la sienne, guidant ses doigts dans son humidité, recouvrant ses doigts.

— Mikhail.

Sa voix est rauque et essoufflée.

Je sens sa trépidation. Je porte ses doigts à mes lèvres, goûtant sa mouille, son essence, et remonte sur son corps, taquinant ses lèvres.

Mes doigts la touchent, caressant ses lèvres, frottant son clitoris. Ses hanches remuent sur le matelas alors qu'elle s'agite.

Je plane au-dessus de ses lèvres et je fais glisser ma langue sur sa lèvre supérieure, puis sur sa lèvre inférieure.

Je glisse deux doigts dans son intimité, et son humidité coule à mesure que je la remplis.

Les gémissements de Madisyn sont doux et timides. Elle n'a pas à être comme ça avec moi. Je veux qu'elle soit sans peur et confiante.

— Jouis pour moi, chuchoté-je contre son oreille puis je suce doucement le lobe.

Elle gémit et tremble contre mes deux doigts. J'en glisse un troisième à l'intérieur de sa chatte, la provoquant et la doigtant.

Ses hanches se soulèvent du lit, et elle halète à la recherche d'air.

— Baise-moi, s'il te plaît.

Je ne pourrais jamais la priver de quoi que ce soit, surtout quand elle demande avec ce ton de besoin désespéré qui fait frémir ma bite.

Je retire mes doigts assez longtemps pour caresser ma bite avec sa mouille et me glisser à l'intérieur de sa chaleur.

Sa tête bascule en arrière, et son dos se cambre sur le matelas alors que je la remplis.

Elle se lève, capture mes lèvres, pousse sa langue à l'intérieur de ma bouche, ayant envie de plus.

Je veux tout lui donner, tout mon être.

Ses parois se resserrent sur ma bite, tremblent et palpitent.

— Jouis pour moi, grondé-je contre ses lèvres.

Elle m'attire plus profondément, plus fort. Les jambes de Madisyn s'enroulent autour de ma taille, et c'est comme un feu d'artifice qui explose dans la nuit la plus noire.

Je ferme les yeux, grogne lorsqu'elle gémit mon nom dans mon oreille, et je suis enfin capable de me laisser aller.

Je me détache de son corps et m'allonge sur le dos, essoufflé. Alors que je fixe le plafond, Madisyn apparaît dans mon champ de vision.

Elle se déplace pour s'allonger contre moi, et sa main se pose sur ma poitrine.

— Tu es parfaite, *Kisa*.

Ses joues rougissent, elle se déplace et pose sa joue chaude contre ma poitrine.

J'ai envie de la serrer contre moi, de tirer les couvertures autour de nous et de m'endormir, mais ce n'est pas à l'ordre du jour.

— Assez de repos, dis-je et je la pousse doucement à s'asseoir dans le lit.

Madisyn bougonne de mécontentement.

— J'ai une surprise pour toi.

NEUF

Madisyn

Mon intérieur palpite encore de l'orgasme intense que Mikhail m'a donné. Je ne me souviens pas de la dernière fois où me faire baiser m'a fait sentir aussi bien. A part hier, avec Mikhail.

Mon cœur n'arrête pas de cogner contre ma cage thoracique, et Mikhail a une autre surprise en réserve pour moi ? Je ne suis pas sûre de pouvoir en supporter davantage.

— Une surprise ? Je me redresse sur le lit et j'ai envie d'attraper les couvertures, mais elles sont enfouies sous les oreillers.

Le lit est encore bien fait, presque immaculé à l'exception des plis que nous avons faits.

Il grogne en descendant du matelas.

Je ne peux pas détacher mes yeux de son physique. Il a un corps de rêve, épais et musclé. Sans parler de sa force.

— C'est pour toi, dit-il en s'approchant de sa commode. Il y a une grande boîte blanche, et il l'apporte sur le lit. Ouvre-la.

Je n'ai aucune idée de ce qu'il a pu m'offrir.

La boîte est simple et claire. Elle n'indique pas son contenu, si ce n'est qu'elle est assez grande. Il n'a certainement pas mis une bague ou une paire de boucles d'oreilles à l'intérieur.

Je soulève le couvercle et retire le papier de soie blanc et impeccable plié autour d'une robe noire. Elle brille à la lumière et est magnifique.

— Je veux que tu portes ça pour moi ce soir quand on sortira, dit Mikhail.

— Tu me fais sortir ? (Je suis surprise qu'il veuille que je l'accompagne quelque part.) Tu dois être présent à une soirée de travail ? demandé-je.

Je ne me souviens pas de soirées à venir pour la bratva, mais cela ne veut pas dire qu'il n'y en a pas. Il se peut juste que je n'aie pas été mis au courant de l'événement parce que mon équipe n'en a pas été informée.

— Je t'emmène dîner, dit Mikhail.

———

— Cet endroit est incroyable, dis-je en m'asseyant en face de Mikhail. (On nous réserve une table dans l'un des restaurants les plus ostentatoires de la ville.) Comment as-tu pu avoir une réservation ?

— Je suis partenaire de l'établissement, dit Mikhail. Le chef et moi sommes amis. Il voulait un restaurant mais n'avait pas les fonds nécessaires. Je voulais un restaurant mais je n'avais pas de chef.

Je ne peux pas dire s'il plaisante ou si ce n'est pas la fin de l'histoire. Je ne savais pas qu'il était copropriétaire d'un restaurant. Qu'est-ce que je ne sais pas d'autre ?

— C'est gentil de ta part, d'aider un ami, dis-je.

Je lui fais un sourire sincère. Je suis impressionné par le fait qu'il ait d'autres activités que celles qui sont illégales, bien qu'il puisse blanchir de l'argent grâce à cet endroit. Je devrais enquêter davantage et en parler à Savannah quand je la contacterai.

Mikhail prend son vin rouge et agite le verre, respirant l'arôme avant de goûter.

— Ce n'est pas que de la générosité.

Je souris poliment, comme si je ne comprenais pas ce qu'il essaie de dire.

— Que veux-tu dire ?

— Je suis un homme d'affaires, et je ne prends que des risques qui garantissent mon succès.

— Mais comment pouvais-tu savoir que ce restaurant serait un succès ? demandé-je. Rien dans la vie n'est garanti.

Je prends mon vin et le goûte. Il est doux, fruité, et tout à fait parfait, sans acidité ni arrière-goût trop prononcé. C'est le meilleur vin que j'ai jamais goûté.

Il n'était pas non plus sur le menu.

Mikhail l'a demandé spécialement. Tout comme nos plats.

— Considère que c'était un risque calculé, très faible, répond Mikhail. Il est énigmatique et fait attention à ne rien révéler que je puisse utiliser contre lui.

Non pas qu'il ait la moindre idée que je suis du FBI. Si c'était le cas, il n'aurait pas couché avec moi. Bon sang, je n'aurais probablement pas dû coucher avec lui, mais être sous couverture signifie faire tout ce qui est nécessaire pour que le travail soit fait.

Et ce n'est pas comme si je ne voulais pas coucher avec lui. Je le ferais à nouveau, encore et encore.

— Madisyn !

Thomas Slate, un de mes collègues de Quantico, s'avance vers notre table. Il porte un costume noir et une cravate. Venir ici signifie qu'il est soit en plein rencard, soit en train de lécher les bottes d'un des patrons.

Mikhail se racle la gorge, son regard se durcit. Il n'a pas l'air très content qu'un homme m'ait reconnu.

— Je ne t'ai pas vu depuis notre Qua–

Je l'interromps avant qu'il ne puisse dire un autre mot.

— Ça fait trop longtemps, dis-je en forçant un sourire. Thomas, voici Mikhail.

Je les présente, mais je fais attention à ne pas utiliser le mot petit ami pour Mikhail. Je ne suis pas sûre de ce que nous sommes. Même sous couverture, nous n'avons pas vraiment établi notre relation.

— Je suis le compagnon de Madisyn, interrompt Mikhail.

— Oh, dit Thomas, ses yeux s'écarquillent.

Est-ce qu'il pense que nous sommes des coéquipiers du FBI ?

Mon estomac s'agite. Je dois l'arrêter avant qu'il ne dise quelque chose qui pourrait nous faire tuer l'un ou l'autre.

— C'était sympa de te revoir. On dirait que ton rencard t'attend, dis-je en désignant l'entrée principale, lui intimant de partir.

Thomas obéit rapidement, en jetant un coup d'œil à la porte. Qu'il soit accompagné ou non, il semble avoir compris le message.

— C'était merveilleux de te revoir, Madisyn. Et c'est un plaisir de vous rencontrer, Mikhail. Prenez bien soin d'elle.

— Je ne rêverais pas de moins, dit Mikhail.

Ses yeux se crispent tandis qu'il étudie mon expression, puis Thomas sort du restaurant.

Au moment où Thomas passe la porte d'entrée, Mikhail est sur moi avec son interrogatoire.

— C'était quoi ça ?

— Quoi ? demandé-je innocemment. Thomas ? C'est juste un vieil ami.

Je ne veux pas qu'il soit jaloux. Je ne sais pas ce qu'il ferait à Thomas s'il se sentait menacé de quelque façon que ce soit.

Mikhail lève son verre de vin. Il ne boit pas encore. Son regard est fixé sur moi.

— Comment Thomas et toi vous connaissez-vous ?

J'ai l'impression qu'il fait 40 degrés et que je suis sous une lampe chauffante.

— On s'est rencontrés à l'université, dis-je en trouvant une excuse. On était au même étage dans les dortoirs.

— Mixte, dit-il.

Il fait tourner le vin dans le verre avant de le goûter.

— C'est vrai. On était juste amis. On avait quelques cours ensemble.

— Et où es-tu allée à la fac ? demande-t-il. Son regard se crispe.

— Université de Columbia, à New York.

Mikhaïl repose son verre de vin sur la table.

— Je croyais que tu venais de l'Ohio ?

— J'ai grandi dans l'Ohio. Ma famille y vit, mais je suis allée à l'école à New York. C'est pourquoi je suis revenue ici, pour chercher un travail.

— Pour être avec Thomas ?

— Quoi ? Non ! Je ris de son raisonnement absurde. Je suis revenue ici parce que j'avais vécu à New York à l'université et que j'aimais l'atmosphère de la ville. C'est très différent de Cleveland. (Je sirote mon vin, le fixant du regard.) Je ne te pensais pas du genre jaloux.

Mikhail redresse ses épaules et se racle la gorge.

— Qui a dit que j'étais jaloux ?

— C'est écrit sur ton visage, ton langage corporel, même les questions que tu me poses.

Je prends une profonde inspiration. J'ai besoin de me calmer. Se disputer avec Mikhail ne va pas m'aider dans ma mission. Je dois me rapprocher de lui, et si je le repousse, je ne fais que me nuire à moi-même et à l'enquête. Bon sang, je décevrais mon équipe.

Je devrais être soulagée que le dîner soit servi, mais au lieu de cela, la tension monte entre nous.

Il me regarde à peine pendant le dîner. Comme si je l'avais trahi. Il n'a aucune idée de ce que j'ai fait, de qui je suis.

Il y a une tension entre nous, et en plein milieu du repas, son couteau à steak à la main, il me fixe du regard.

— Tu travailles pour le FBI, Madisyn ?

Ma bouche devient sèche.

Thomas a fait sauter ma couverture.

Je ravale ma nervosité.

— Non, dis-je, mon regard croisant le sien.

Je ne vacille pas et ne me cache pas. Je refuse de cligner des yeux.

— Je ne te crois pas.

Mikhail ne pose pas le couteau.

Il ne l'utiliserait pas ici, dans un lieu public, n'est-ce pas ?

Il ne m'a pas encore menacé physiquement, mais je suis terrifiée par ce qu'il fera si je n'arrive pas à le convaincre qu'il a tort.

— Pourquoi penses-tu que je travaille pour le FBI, Mikhail ? Tu m'as vu au centre médical. Je suis infirmière. J'ai soigné ton ami. Tu es venu à mon travail et tu m'as récupéré dans la journée. Tu crois que si je travaillais pour le FBI, je traînerais dans un centre médical ?

Il expire doucement, mais son expression n'est pas convaincue.

— Pourquoi est-ce qu'on aurait dit que ton vieux pote, Thomas, était sur le point de dire qu'il te connaissait de Quantico ?

— Tu te trompes, dis-je. Il allait dire qu'il me connaissait de Columbia. Il n'a pas fini sa phrase. Les deux sonnent pareil.

— Non, pas du tout. (Le regard de Mikhail ne quitte pas le mien.) Ce n'est pas une coïncidence si ton ex-petit ami travaille au FBI.

Je ne peux pas nier qu'Aaron est un agent spécial senior dans la criminalité en col blanc.

— C'est tout ce que c'est, Mikhail. Une coïncidence.

Mikhail fait signe à la serveuse que nous avons fini. Il n'y a pas d'addition à payer, un avantage d'être copropriétaire de l'établissement.

Il est prêt à partir, et je doute qu'il me laisse rentrer chez moi ou repartir libre.

Je suis comme morte s'il croit que je l'ai trahi.

— Je ne crois pas aux coïncidences, *Kisa*. J'étais naïf à propos de ton ex-petit ami. J'ai détourné le regard parce que je t'aimais bien, et j'ai fait une erreur.

Il me conduit dehors, son bras autour de ma taille. Il n'y a aucune chance que je m'enfuie. Je peux sentir son arme contre le bas de mon dos alors que nous approchons de sa voiture.

— Monte, ordonne-t-il.

— Je ne suis pas ton ennemie, dis-je.

C'est la vérité, mais va-t-il me croire ?

Il ouvre la porte arrière et me fait tourner en me tirant les mains dans le dos. Il les attache avec un lien de serrage de la boîte à gants avant de me pousser dans le véhicule.

Il n'est pas le moins du monde chaleureux ou gentil. Cependant, je n'ai jamais vu Mikhail être l'un ou l'autre de ces traits. Il est ferme, et bien qu'il ait été juste et raisonnable envers moi, je doute que j'aurai le bénéfice de ces attributs ce soir.

Je suis poussée dans le véhicule, et il claque la portière. Il se dépêche de se mettre à la place du conducteur et démarre le moteur, s'éloignant du restaurant.

Il appuie à fond sur l'accélérateur, et je recule contre le siège.

Je me penche en avant et lève discrètement les bras, essayant de forcer mes poignets à s'écarter pour me libérer des liens en plastique.

J'ai eu beaucoup d'entraînement il y a des années à Quantico pour m'échapper de liens de serrage, mais je n'étais pas à l'arrière d'un 4x4 en train d'essayer de me libérer sans me faire remarquer.

Le regard de Mikhail se tourne vers moi de temps en temps.

J'ai de la chance qu'il ne m'ait pas mis dans le coffre. S'il me surprend à essayer de m'échapper, il me mettra une balle dans la tête.

On passe devant sa maison. Mikhail n'a même pas ralenti.

— Où est-ce que tu m'emmènes ? demandé-je.

Il se dirige vers ma maison ou vers l'autoroute. Les deux sont dans la même direction, et s'il prend l'autoroute, je suis morte.

Personne ne trouvera mon corps. Personne ne saura jamais ce qui m'est arrivé.

Mikhail ne répond pas.

Mais je pousse un soupir de soulagement quand il s'arrête devant chez moi. Peut-être me laissera-t-il ici, me dira-t-il de ne plus jamais le contacter et nous nous séparerons.

Pourrais-je avoir cette chance ?

Il coupe le moteur et sort.

Mikhail attend un moment à l'extérieur du véhicule. Il est sur son téléphone, envoyant un message à quelqu'un. Est-ce qu'il essaie d'obtenir des informations sur moi ?

Merde.

Je me tourne de côté sur mon siège, le regardant par la fenêtre tandis que j'essaie de me libérer des liens. Je lève mes bras aussi haut que possible et je les abaisse rapidement en les écartant, brisant ainsi les liens.

Ça brûle, mais ça en vaut la peine.

Mikhail met son téléphone dans sa poche et ouvre la porte arrière avant que j'aie le temps de réagir.

Il m'attrape par le bras et m'escorte de force jusqu'à ma porte d'entrée.

— Je vois que quelqu'un a réussi à se défaire de ses liens. (Sa lèvre supérieure se retrousse comme si je le dégoûtais.) Clé.

Il le dit comme un ordre.

— Elle est dans mon sac, dis-je, le petit sac dans ma main.

Il me l'arrache, dézippe le cuir, et fouille jusqu'à ce qu'il soit satisfait avant de me le remettre.

— Trouve-la, grogne-t-il.

Cherchait-il ma clé ou une arme dans mon sac ?

Il fait sombre dehors, mais j'arrive à trouver ma clé sans trop de difficulté. Je déverrouille la porte d'entrée et la pousse.

Mikhail est sur mes talons. Il me pousse à l'intérieur et me suit.

Est-ce là que le FBI va trouver mon cadavre ? Au moins, j'ai une arme cachée dans mon appartement. Mais elle est dans ma chambre. Il y a des équipements de surveillance, mais je doute que le FBI surveille tous mes mouvements, surtout à cette heure tardive.

— Qu'est-ce qu'on fait ici, Mikhail ? demandé-je, en me tournant vers lui.

Je pose mon sac à main sur le comptoir et me déchausse.

— J'ai besoin de savoir si je peux te faire confiance, et je ne pense pas pouvoir le faire, dit-il.

Il s'approche, envahissant mon espace personnel.

Je devrais reculer, me taire.

Mais je ne le fais pas. Je fixe son regard inébranlable. Ses mains sont serrées en poings, et il est furieux.

— Tu m'as trahi !

— Je ne vois pas de quoi tu parles, dis-je. Je travaille pour Steele Concierge Medical.

Il renifle.

— Oui, c'est ce que tu veux me faire croire. Mes hommes sont en train de refaire des recherches sur toi. Creusant plus loin dans ton passé. (Il agite son arme vers moi.) Assieds-toi sur le canapé.

— Mikhail–

Il me coupe avant d'avoir pu dire autre chose et me pousse en arrière sur le canapé.

— J'ai dit assis, aboie-t-il.

— Je ne suis pas un de tes hommes que tu peux commander.

Il souffle doucement.

— Non, tu as raison. Mes hommes ont plus de valeur pour moi que toi, fillette.

— Je ne suis pas une fillette !

Je lui grogne dessus et me relève d'un bond, me précipitant vers la porte.

Il m'attrape par la taille.

— Lâche-moi ! Je crie et me libère de son emprise, en marchant sur ses orteils et en lui donnant un coup de genou dans l'aine.

Mikhail me grogne dessus.

— Ça suffit ! Il lève son arme vers mon front. Ne me donne pas une autre raison. Ton temps est compté.

— Alors, tu vas me tuer ?

Je devrais avoir peur. Toute personne saine d'esprit tremblerait et supplierait pour sa vie.

— Je devrais, dit Mikhail et me pousse à me rasseoir sur le canapé.

Quand j'obéis, il abaisse son arme à son côté. Elle est toujours dans sa main. Je pourrais le désarmer, mais il pourrait aussi me tirer dessus dans ma tentative. Il est bien entraîné et pas n'importe quel voyou avec une arme.

Il fait partie de la bratva.

C'est un monstre sans pitié. On m'avait prévenu de faire attention, de faire en sorte qu'il me fasse confiance, et de ne pas m'approcher trop près.

Coucher avec lui ne faisait pas partie du plan, et il est hors de question que je dise à mes collègues ce que nous avons fait. Pas si je veux garder mon travail quand tout ça sera terminé. En supposant que je sois toujours en vie et que Mikhail ne m'ait pas tué lui-même ou ordonné mon assassinat.

— Mais tu ne le feras pas ? Il y a une lueur d'espoir dans ma poitrine. Tu tiens à moi, dis-je.

— Je ne tiens pas à un rat.

Je n'ai rien dit au FBI. Du moins, pas encore. Je n'ai pas trahi sa confiance, à part masquer la vérité et mentir sur qui je suis.

Mais il ne le verra pas comme ça. Dois-je être honnête ? Est-ce que je lui dis la vérité ?

Il va probablement me tuer, mais peut-être que je le mérite.

— Tu as raison. Je travaille pour le FBI, dis-je.

DIX

Mikhail

Madisyn m'a trahi. La petite salope m'a fait croire qu'elle était une infirmière. Peut-être qu'elle l'est, mais c'est aussi un agent fédéral sournois.

Je ne peux pas lui faire confiance.

Je ne devrais même pas la laisser vivre. Elle en sait trop. Elle est un handicap pour la bratva.

— Ne bouge pas, lui grogné-je alors qu'elle est assise sur le canapé.

Ses mains sont jointes devant elle.

— Tu vas me tuer ? demande Madisyn.

Sa voix est douce, hésitante. C'est une ruse. Elle essaie de me faire ressentir quelque chose pour elle.

Tout ce qu'elle me fait ressentir est froid et sans vie.

Je me dégoûte de lui avoir fait confiance. C'est une inconnue, et je l'ai aveuglément laissée entrer chez moi. Je lui ai fait confiance, et c'est mon fardeau à porter.

— C'est une solution facile à un problème complexe, murmuré-je.

La vérité est que je ne veux pas la tuer, mais elle m'a menti. Mais je ne sais pas pourquoi. Travaille-t-elle pour les Fédéraux sous couverture pour me faire tomber ? Ou est-elle une infirmière médico-légale ? Peut-être quelque chose entre les deux, et nous nous sommes juste croisés.

Non.

Elle n'est pas innocente.

Je ne crois pas qu'on se soit rencontrés par hasard.

— Est-ce que ta voiture est vraiment tombée en panne ? (Je suis sûr que oui. Elle conduisait un vieux tas de ferraille. Je jette un coup d'œil à la maison. Elle est vide, impersonnelle.) Ce n'est pas ta maison.

C'est une observation, pas une question.

Elle ne me répond pas.

Madisyn a peur de moi. Elle me regarde fixement. Sa lèvre inférieure tremble, mais elle la mord. Elle essaie de cacher sa peur.

Elle devrait me craindre. Je pourrais l'enterrer vivante, et personne ne trouverait jamais son corps.

Elle est silencieuse. Elle réalise probablement que tout ce qu'elle dit l'incriminera davantage et me donnera plus de raisons. Non pas que j'en ai besoin de plus.

J'en ai assez pour la pendre.

— Pourquoi ? demandé-je.

J'agite mon arme vers elle, exigeant des réponses.

Elle expire doucement.

— Pourquoi, à ton avis ? Tu es bratva.

— Tu es une mauvaise agent.

Je veux lui faire mal. Ça commence par des insultes mordantes. Je prends mon temps, j'attends des nouvelles de mes hommes. Et avant de la tuer, je dois savoir quelles informations elle a transmises et ce qui meurt avec elle.

Elle presse ses lèvres l'une contre l'autre et croise ses bras sur sa poitrine.

— Je t'ai dupé. Tu pensais que j'étais amoureuse de toi.

Sa remarque est destinée à me blesser, mais je ne suis pas idiot. Je me penche plus près, envahissant son espace personnel.

— Tu me suppliais avec ta chatte mouillée de te baiser.

Elle se décale sur le canapé, reculant et s'éloignant vers le coin pour garder ses distances.

— Et tu ne sais pas distinguer si une femme fait semblant ou pas.

— Tu ne sais pas mentir.

Il n'y a pas moyen qu'elle ait simulé un orgasme. Je parierais ma propre vie.

— Moi ? Tu pensais pouvoir me faire confiance, dit Madisyn. Je suis entrée dans ta maison et dans ton lit. Je ne suis pas aussi nulle que tu le penses.

Mes mains se referment en poings, et elle couvre son visage.

Elle a peur de moi.

Je devrais me délecter de l'excitation de l'avoir brisée. Mais au lieu de ça, mes entrailles brûlent comme un brasier ardent.

La sonnette de la porte d'entrée sonne.

C'est probablement un de ses amis fédéraux qui vient prendre de ses nouvelles. Ou peut-être son ex-petit ami. Était-il son ex, ou était-ce une ruse ?

Je jette un coup d'œil par la fenêtre et reconnais le véhicule devant. C'est ce stupide ex-petit ami.

— Réponds, dis-je en agitant mon arme vers elle. Mais pas d'entourloupe. Je lui fais signe de se diriger vers la porte.

Elle expire un souffle chancelant et se lève du canapé.

— Madisyn, c'est moi. Ouvre.

La voix d'Aaron est étouffée mais suffisamment claire pour comprendre ses mots à travers la porte.

Je me tiens derrière la porte, l'arme à la main.

— Débarrasse-toi de lui, chuchoté-je. Mais je te jure que si tu fais quoi que ce soit pour indiquer que je suis là, vous êtes tous les deux morts.

— Je ne le ferai pas, dit-elle doucement avant de déverrouiller la porte. (Elle ne l'ouvre que de quelques centimètres.) Ce n'est pas le moment, Aaron.

— Laisse-moi entrer, dit Aaron. Je sais qu'il est ici. Sa voiture est dehors.

Ce connard ne va pas partir, hein ?

J'ouvre la porte d'un coup sec et je lui montre mon arme.

— Rentre ! J'aboie des ordres.

Aaron lève les bras en l'air.

— Hé, personne n'a besoin d'être blessé. Je suis juste ici pour parler.

— Parler ? (Ce n'est pas une prise d'otage. On n'a pas besoin de parler. Pas avec lui. C'est l'un des ennemis.) Rentre.

Il garde ses mains en l'air, et Madisyn fait un pas en arrière, le laissant entrer dans la maison.

Je ferme la porte avec mon pied et le fouille, m'assurant qu'Aaron ne porte pas d'arme.

— Verrouille la porte d'entrée, ordonné-je à Madisyn. Ferme les volets, ordonné-je, au cas où il y aurait d'autres agents fédéraux à proximité.

Elle suit docilement mes instructions. Est-ce parce que je brandis une arme ? Ce n'est certainement pas parce qu'elle est loyale envers moi.

Je jette un coup d'œil à Aaron et Madisyn.

Je n'ai pas commencé cette soirée avec l'intention de prendre des otages. Mais c'est ce que cette merde est devenue.

Putain.

Je n'ai pas besoin de deux agents fédéraux morts et de leurs patrons qui viennent fouiner à ma porte. C'est une tâche que j'aurais normalement déléguée à Dmitri ou Nikita. Mais je suis tout seul ce soir.

Je me suis fait ça tout seul, mais je ne vais pas finir six pieds sous terre.

Aaron traverse le salon à grandes enjambées, se tenant devant Madisyn. Je ne sais pas s'il pense la protéger ou s'il veut juste poser ses sales pattes sur elle.

— Tu n'aimes pas sérieusement ce mec ? Aaron pointe son pouce dans ma direction. Tu sais qu'il est bratva, non ?

Je ne sais pas s'il est vraiment aussi paumé qu'il le prétend ou s'il essaie de sauver Madisyn de moi.

J'enlève la sécurité de mon pistolet, le pointant vers la tête d'Aaron.

— Attends ! Madisyn se jette entre Aaron et mon arme.

Est-ce qu'elle croit que je ne vais pas lui tirer dessus ? Parce qu'il ne me faudrait pas grand-chose pour appuyer sur la gâchette.

De la sueur perle sur son front. Et elle respire difficilement.

Elle est nerveuse.

— Tu le protèges ?

Je n'arrive pas à comprendre pourquoi elle prendrait volontairement une balle pour l'agent aux cheveux gris.

Est-elle toujours amoureuse de lui ?

Mon doigt me démange sur la gâchette. Une pointe de jalousie me frappe comme un coup de poignard dans les tripes.

— S'il te plaît, ne fais pas ça, Mikhail. (Sa voix est douce et réconfortante. Son regard ne faiblit pas. Ses mots me tirent de ma rêverie.) Le FBI n'a rien sur toi. Tu es un homme libre. Si tu tues Aaron, ils t'enfermeront pour toujours.

Je n'ai pas le moins du monde peur d'une peine de prison. Je suis déjà passé par un procès et je m'en suis sorti.

— Ce n'est pas ce que tu veux ? Moi derrière les barreaux.

Sinon, pourquoi aurait-elle infiltré ma famille ?

Madisyn soupire lourdement, et ses yeux s'attardent sur mes lèvres avant de remonter pour croiser mon regard.

— Tu n'as rien fait de mal. Si tu tues Aaron ou moi, tout change.

Elle n'a pas tort.

Madisyn n'a rien sur moi. L'enquête du FBI est vaine. Je suis sûr que je ne lui ai pas donné de pistes à utiliser contre mes hommes ou moi. Et si elle était en possession de la clé USB, tout serait fini.

Elle lève sa main, et ses doigts effleurent ma joue.

Je veux l'embrasser, la dévorer, la pousser sur le lit et lui montrer qui est le putain de patron.

Elle se met sur la pointe des pieds et effleure mes lèvres avec les siennes. Elle a un effet calmant sur moi, comme une drogue qui me fait tourner la tête.

Ma prise reste ferme sur l'arme, mais pendant que je l'embrasse, je mets la sécurité, laissant l'arme tomber à ma hanche.

Je renforce le baiser, mordant sa lèvre, et l'entendre gémir éveille ma bite. Je veux la baiser, et j'aimerais que le connard derrière moi regarde.

— S'il te plaît, je sais que tu n'es pas un monstre. Quelque part, au fond de toi, tu tiens à moi. Et je pense que c'est toujours le cas. Ou tu nous aurais déjà tués tous les deux.

Elle essaie de se connecter à moi, et je comprends. C'est sa façon de plaider pour sa vie. Ce n'est pas le genre de femme à se mettre à genoux et à implorer le pardon.

Madisyn aime penser qu'elle est mon égale. Mais elle ne l'est pas.

Elle est du FBI, et nous ne pouvons pas être plus que des inconnus à cause de ça. Nous sommes destinés à être ennemis.

— Rentre chez toi, dit-elle, en posant sa main sur mon torse. (Son touché est réconfortant et paisible. Avant que nous soyons en guerre l'un contre l'autre.) Crois-le ou non, je ne veux pas qu'il t'arrive quoi que ce soit.

— Nous sommes déjà en guerre.

Je me dégage de son emprise et jette un coup d'œil à Aaron derrière elle. Il a de la chance que Madisyn m'ait empêché de lui mettre une balle dans la tête. Je me dirige vers la porte, tourne le verrou et l'ouvre d'un coup sec.

Je me dirige vers mon véhicule sans un mot, laissant Madisyn derrière moi avec son ex-petit ami. Avec un peu de chance, c'est un meilleur homme que moi.

Elle mérite mieux, même si je la déteste pour sa trahison.

ONZE

Madisyn

— Qu'est-ce que c'était que ça ? Aaron est sur moi à la seconde où je ferme la porte.

Je verrouille la porte pour m'assurer que Mikhail ne change pas d'avis.

Aaron est face à moi. Il est plus grand que moi, et alors qu'il y avait une alchimie folle entre Mikhail et moi, c'est le contraire avec Aaron.

Ou plutôt, je l'aimais bien avant de connaître le vrai Aaron Moore. Sa personnalité au travail ne ressemble en rien à l'homme qu'il est quand il quitte le bureau.

— Quoi ? J'essaie de désamorcer la situation.

Je ne veux pas qu'il sache ce qui se passe ou qu'il harcèle Mikhail. Si je peux finir ce que j'ai commencé, ainsi soit-il.

— Ne fais pas l'idiote avec moi, Madisyn. Tu n'es pas vraiment blonde.

— T'es vraiment un connard.

J'aurais dû lui montrer la porte avec Mikhail.

La portière de la voiture de Mikhail se ferme, et le moteur s'allume, rugissant alors qu'il fait vrombir le moteur. D'une minute à l'autre, il sera parti, mais je ne suis pas sûre de me sentir plus en sécurité. Pas tant qu'Aaron est toujours enfermé chez moi.

— Moi ? Comment suis-je le connard ? Je suis venu ici pour te prévenir que ton nouveau petit ami est avec la bratva. Qu'est-ce qui se passe, bordel ? C'est une mission ou ton nouveau jouet ?

Je recule d'un pas.

— Je ne parle pas de ça avec toi.

Le vrombissement d'un moteur retentit à nouveau, et je suis sûre que Mikhail vient de partir.

Je ne ressens pas de soulagement.

La terreur se loge au creux de mon estomac.

Du désespoir. De la colère. De la peur.

Aaron n'est pas un type bien. Bien sûr, il travaille pour le FBI, mais il y a beaucoup de mauvais agents, tout comme beaucoup de mauvaises graines. Je ne l'ai juste pas vu avant qu'il ne soit trop tard.

— Tu dois partir, dis-je en me dirigeant vers la porte d'entrée.

Aaron se précipite après moi et attrape mon bras, sa prise est forte et violente alors qu'il me tire en arrière.

Je grimace à cause de sa force et de la marque qu'il va laisser sur mon bras.

— Lâche-moi ! Je baisse son bras et le pousse en arrière, mes mains fermement contre sa poitrine.

— Tu veux jouer les dures ? (Il se rapproche.) C'est pour ça que tu sortais avec Mikhail Barinov ? Parce que tu aimes quand c'est brutal et sale au lit ?

— Tu ne sais pas de quoi tu parles.

Je refuse de lui dire quoi que ce soit. Il est clair qu'il a été tenu à l'écart de l'opération et que toute son équipe a été réaffectée. Pourquoi ça ? Qu'est-ce qu'il a fait pour avoir des ennuis ? Comment peut-il encore être un agent ?

— Je sais que tu n'es qu'une encoche de plus sur la colonne de lit de Barinov. Tu n'es rien pour lui.

— Dégage ! Je crie à Aaron et je me libère de son emprise.

Je me précipite vers la porte pour lui montrer la sortie, mais il est plus rapide.

Ça n'aide pas qu'il soit plus grand, rendant ses enjambées plus rapides. Il attrape une poignée de mes cheveux, me tirant vers lui.

Aaron se penche près de mon oreille.

— Je pensais que tu aimais quand c'était brutal. Ce n'est pas pour ça que tu couches avec le patron de la bratva ? (Il inspire profondément, respirant mon parfum.) Lassée de coucher avec ton ancien patron du FBI et de gravir les échelons ?

— Je ne sais pas ce que j'ai pu voir en toi. (Je fais tomber mon talon sur ses orteils et j'enfonce mon coude dans son aine.) Lâche-moi et sors de chez moi.

— Personne ne me dit quand partir.

Sa prise sur mes cheveux ne se relâche pas, et il claque mon visage contre la porte.

— T'es un sale baisé !

— Non, voilà le problème. Tu ne me baises pas. Tu couches avec lui.

Aaron lâche mes cheveux et je fais un pas en arrière, gardant une distance entre nous pendant que j'ouvre la porte d'entrée.

— Je n'arrive pas à croire que j'ai couché avec toi, marmonné-je.

— Eh bien, crois-le, chérie. Et crois-moi quand je dis que ce n'est pas fini entre nous. Tu reviendras en rampant vers moi quand tu réaliseras que Barinov est trop bien pour toi.

Aaron sort sur le porche. A la minute où il passe la porte, je lui claque au cul, pour m'assurer qu'il ne rentrera pas à l'intérieur. Je ne veux plus jamais le revoir, mais je n'ai pas cette chance.

———

Je ne prends pas la peine d'aller à Steele Concierge Medical le lendemain matin. A quoi bon ? Ma couverture est foutue.

Je remballe mes affaires, y compris la clé USB, et je sors en attendant un taxi. Mon téléphone n'a pas été remplacé depuis la tempête mais la ligne fixe de la maison fonctionne. Je n'aurais jamais pensé que je serais reconnaissante d'avoir une ligne fixe disponible.

Le tonnerre gronde au loin et les éclairs illuminent le ciel. J'attrape le parapluie et l'ouvre alors que les premières gouttes de pluie tombent.

Je me précipite vers le taxi et jette mon sac sur le siège arrière avec moi, en direction du QG du FBI en ville.

Les lunettes de soleil géantes sous la pluie sont étranges, mais j'essaie de cacher le cocard qu'Aaron m'a fait la nuit dernière. J'ai essayé de mettre un peu de correcteur, mais ce n'était pas suffisant pour cacher la marque laissée par le coup.

Je ne peux pas porter les lunettes de soleil à l'intérieur du bâtiment. Il fait beaucoup trop sombre. Je les enlève mais les garde dans ma main en sortant de l'ascenseur.

Je n'ai pas envie d'être ici.

Je préférerais nettoyer des pots de chambre et recevoir des patients au centre médical. J'aurais peut-être dû continuer à y travailler, ne serait-ce que pour rester loin d'Aaron.

J'aurais dû prendre le taxi jusqu'à chez moi, mais s'il y avait le moindre risque qu'on me suive, je voulais aller directement au bureau. Cependant, je n'ai vu aucun signe de Mikhail ou de ses hommes à l'extérieur de la maison.

— Oh mon dieu ! Qu'est-ce qui t'es arrivé ? Savannah m'aperçoit à la minute où je sors de l'ascenseur. Elle se précipite vers moi, un dossier dans les mains, mais elle ouvre les bras pour me prendre dans ses bras. Tu vas bien ? C'est ce salaud de Mikhail qui t'a fait ça ? Je jure que je vais le tuer de mes propres mains.

— Longue histoire, dis-je en soufflant un grand coup. Mon regard se dirige vers Aaron.

Il est dans son bureau, une tasse de café à la main. Il sort en flânant, se dirigeant droit vers Savannah et moi.

— Bonjour. Il s'approche et se penche, envahissant mon espace personnel, regardant longuement la marque qu'il a laissée.

— Aïe. C'est ton petit ami qui a fait ça ?

— Je dois parler à Kingston, dis-je en prenant un virage serré et en me dirigeant vers le couloir.

Savannah me laisse en paix. Aaron me poursuit.

— Tu as l'intention de lui parler de la nuit dernière ? demande Aaron. Il garde la voix basse alors qu'il m'accompagne dans le couloir vers le bureau de notre patron. La porte indique Agent Spécial Superviseur Barrett Kingston.

Elle est fermée, mais les portes et les murs sont tous en verre. Les stores des fenêtres sont ouverts et Barrett me fait signe d'entrer.

— A propos d'hier soir ? As-tu peur que je lui dise que tu m'as cogné le visage contre la porte d'entrée, et que c'est pour ça que je suis arrivé ce matin avec un œil au beurre noir ?

Le regard d'Aaron se durcit, et ses mains se transforment en poings.

— Tu ne veux pas faire ça, Madisyn.

— Et dis-moi, pourquoi pas, au juste ? Je devrais porter plainte contre toi pour agression.

Il rit de ma menace.

— Agression ? Je t'ai sauvé des griffes de ton petit ami. Tu réalises que t'associer à des criminels connus peut te faire renvoyer du bureau.

— Tu es vraiment un con.

J'ai fini de parler avec lui. Je tire la porte du bureau de Kingston et entre, reconnaissante qu'Aaron ne me suive pas à l'intérieur.

— Agent Carter, je suis surpris de vous voir au bureau ce matin.

Il fait le tour de son bureau et ferme la porte derrière moi.

— Asseyez-vous, s'il vous plaît, dit-il.

Je souffle nerveusement et fais ce qu'il me demande.

— Vous avez un sacré cocard ce matin. C'est pour ça que vous avez brisé votre couverture et êtes venue au bureau ?

— Je suppose que personne n'a vu l'enregistrement vidéo d'hier soir.

— Non, nous n'avons pas regardé les images de surveillance d'hier. Y a-t-il quelque chose que nous devrions chercher ? (Barrett s'approche et s'assied sur le bord de son bureau.) Peut-être une dispute ?

— Ce ne vient pas de Mikhail, dis-je en désignant mon visage.

— Ah bon ?

Je regarde vers la fenêtre. Aaron est dans le couloir et parle avec James, un agent de terrain.

J'ai essayé de garder secret ce qui s'est passé entre nous. Je ne voulais pas qu'on pense que j'avais droit à un traitement spécial de la part du patron ou que j'essayais de gravir les échelons.

Mais c'était allé trop loin.

— Comment se passe votre infiltration ? demande Kingston. (Il détourne la conversation de mon hématome visible pour revenir à l'affaire.) De nouvelles informations que nous pouvons utiliser sur les Barinov et leur organisation ?

— La bratva est bonne pour garder ses secrets, dis-je.

La clé USB est enfouie dans la poche de mon manteau. Je ne suis pas prête à y renoncer et à la remettre au FBI, du moins pas encore.

— Et vous êtes ici maintenant parce que quelque chose est arrivé. Quelque chose d'autre que cet œil au beurre noir.

Kingston essaie de comprendre pourquoi je suis au bureau, ce qui est contraire au protocole. Il pourrait me crier dessus pour être venue, mais au lieu de ça, il est calme, bien que trop calme.

— Ma couverture a été compromise, monsieur.

— Comment est-ce arrivé ? demande Barrett.

Il se penche en avant, les mains sur son pantalon.

— Quelqu'un m'a reconnu de Quantico, un autre agent. C'est là que Mikhail a compris que je lui mentais depuis le début. Nous étions en train de dîner, et il s'est approché de la table. J'ai essayé de détourner la conversation, mais Mikhail n'est pas devenu le chef en étant bête.

Barrett se caresse la mâchoire, intéressé par la tournure des événements.

— Et il vous a épargné ?

— Je suis ici maintenant, dis-je.

Je ne lui dis pas que c'était délicat hier soir, que je pensais qu'il me mettrait une balle dans la tête ou dans celle d'Aaron, voire les deux.

— Je suis content que vous soyez saine et sauve. J'aimerais que Savannah vous débriefe sur la mission pour qu'on ne manque aucun détail.

— Il n'y en avait pas beaucoup, monsieur. Je n'ai pas été en mesure de collecter des informations. Ses hommes n'étaient jamais dans les environs avec des préoccupations liées à leur activité professionnelle. J'ai été gardée dans l'ignorance.

— Et ce centre médical ? Rien là-bas ?

— Le cartel a débarqué, et un de leurs hommes se fait soigner au deuxième étage.

Ce n'est pas quelque chose que l'équipe n'aurait pas pu trouver par elle-même.

— Est-ce que la bratva est responsable de cet événement ?

— Je n'en ai aucune idée. Mikhail semblait sincèrement surpris par la présence du cartel au centre médical.

Je laisse de côté la partie où son homme saignait, et où je l'ai accompagné chez lui pour le soigner.

Certains détails ne sont pas vraiment nécessaires.

Ce n'est pas que j'essaie de protéger Mikhail. Il n'y a juste aucune raison de creuser ce qui s'est passé. Ça n'affecte pas l'affaire ou l'enquête.

Ok, peut-être que je le protège un peu.

Il n'a pas appuyé sur la gâchette. Il aurait pu me tuer. Je suis folle de le défendre, mais il est loin d'être aussi mauvais qu'Aaron Moore.

Mikhail ne m'a jamais causé de cocards. Il ne m'a pas fait de mal une seule fois.

Parfois les monstres sont juste en face, cachés, ils attendent, prêts à agir. J'ai l'habitude des démons.

— Autre chose ? demande Barrett.

Je ne dis pas que j'ai couché avec Mikhail ou que j'ai la clé USB en ma possession. Je devrais leur dire ces deux choses. Même si la première pourrait ternir ma réputation, je l'ai fait pour mon travail. Pas vrai ?

Ce n'était pas parce que je voulais coucher avec Mikhail. Je gigote, mal à l'aise.

Rien que de penser à lui en train de me baiser agite mes entrailles et m'inonde de chaleur.

Il fait chaud ici non ?

— Je n'ai rien trouvé, dis-je. Il m'a fait entrer chez lui, il a été gentil, il s'est montré poli. Peut-être pensait-il dès le début qu'il ne fallait pas me faire confiance.

Jure-moi que tu es loyale.

Les mots de Mikhail me reviennent en mémoire.

Je devrais le trahir. C'est le diable.

Barrett hoche la tête et se lève.

— Eh bien, je vais vous faire répéter tout cela à Savannah. Y a-t-il autre chose dont vous aimeriez discuter ?

— Non, monsieur.

— Vous êtes sûre ?

Il me surplombe. Je ne me sens pas menacé par sa présence, comme quand Aaron est à proximité de moi. Avec Barrett, j'ai plutôt l'impression que c'est un père qui regarde sa fille, attendant qu'elle lui confie ses secrets.

Mais les miens sont enfermés profondément à l'intérieur où personne ne peut savoir ce qui s'est passé.

La vidéo de surveillance.

Je veux détruire les preuves de l'attaque.

Mais je ne peux pas.

Tout comme je ne peux pas renoncer à la clé USB.

Je ferais n'importe quoi pour protéger ma réputation, et Mikhail est aussi sur cette vidéo, menaçant deux agents du FBI avec une arme, mais je ne risquerai pas la prison pour falsification de preuves.

Mais la clé USB, personne ne doit savoir que je l'ai volée chez Mikhail. Elle va disparaître.

———

Après avoir passé en revue les détails de l'opération d'infiltration avec Savannah, je me dirige vers le laboratoire pour visionner la vidéo de surveillance.

C'est un moyen de pression contre Aaron. Bien que je ne veuille pas que l'on sache que nous avons couché ensemble, il n'y a pas vraiment le choix.

Aaron est dangereux. Il ne l'était pas quand on s'est rencontré, ou peut-être que j'étais naïve face aux dangers. Je travaillais sous ses ordres, je faisais ce qu'il demandait, peu importe ce que ça impliquait. Habituellement, c'étaient des demandes professionnelles, mais il y a eu des moments où les choses devenaient chaudes et passionnées.

Il exsudait le pouvoir, et je suis tombée dans ses filets.

Plus jamais.

J'ouvre la porte, et Aaron sort du laboratoire. Mon souffle se bloque dans ma gorge.

— Tu cherches des preuves ? me chuchote-t-il à l'oreille en passant.

— Quoi ?

— La petite dispute dans la maison, malheureusement, elle n'a pas été enregistrée.

— Tu as manipulé des preuves ?

Ma voix se bloque dans ma gorge.

Il ne l'a pas fait. Il ne le ferait pas.

Le Département de la Justice a son propre service d'enquête pour les employés suspectés de violer les normes de conduite du FBI, le Bureau de Responsabilité Professionnelle[1].

J'aurais pu utiliser cette vidéo contre lui, mais elle n'est plus là. Sans elle, c'est sa parole contre la mienne. Et il rejetterait probablement la faute sur Mikhail.

— Je n'ai rien fait, dit Aaron, un éclat dans les yeux. Un des disques de sauvegarde n'a pas pu sauvegarder les données d'hier. Dommage.

Il passe devant moi, rayonnant de fierté.

J'ai envie de le tuer.

Mais je ne suis pas une meurtrière.

Je connais un homme qui l'est, qui est capable de brutalité et de sauvagerie. Mais je ne suis pas le genre de personne qui ordonnerait un assassinat.

Je suis une agent fédérale.

Je suis censée être du bon côté de la loi. Mais alors pourquoi être juste me semble être une erreur ?

Je sors pour déjeuner et je suis reconnaissante que la journée soit à moitié terminée et que je puisse rentrer chez moi ce soir pour me blottir dans mon lit avec un bon livre. J'ai besoin d'une soirée pour moi toute seule pour me détendre et me relaxer.

— Tu veux de la compagnie ? demande Savannah alors que je verrouille mon ordinateur.

— Bien sûr, si ça ne te dérange pas de sortir sous la pluie.

Il fait sombre dehors, les longues fenêtres panoramiques donnent l'impression que c'est la nuit, mais c'est parce qu'il y a de l'orage.

— Tu ne veux pas aller chercher quelque chose en bas ? suggère-t-elle.

Je n'ai pas envie d'être près d'Aaron, mais ce n'est pas quelque chose dont je suis prête à discuter avec Savannah alors que je suis au travail.

— C'est juste une petite pluie.

Savannah glousse.

— Tu vas être trempée. Ramène-moi quelque chose, n'importe quoi.

J'attrape mon parapluie et me dirige vers l'ascenseur. Les lumières clignotent, et je grogne. Je jure que si je me retrouve coincée dans l'ascenseur au lieu de profiter d'un déjeuner tranquille toute seule, je vais être de mauvaise humeur.

Je pourrais prendre les escaliers, mais j'ai faim, et je veux y arriver avant que la foule du midi n'arrive. Bien qu'avec la tempête, il est possible que ce soit calme.

Heureusement, l'ascenseur n'est pas bloqué et j'ai le plaisir d'être trempée par l'orage.

Je me presse avec mon parapluie dehors. Il ne me protège pas vraiment de la pluie torrentielle. Peut-être que Savannah avait raison, et que j'aurais dû rester à l'intérieur pour le déjeuner. J'aurais pu attendre le retour d'Aaron. Je doute qu'il soit sorti déjeuner par ce temps.

Je descends rapidement le pâté de maisons, en attendant que la circulation se dégage et que le feu tricolore change avant de pouvoir traverser la rue.

Un 4x4 noir s'arrête au passage piéton, et la vitre se baisse.

— Monte, dit Mikhail.

Je suis déjà trempée. Ça me rappelle la première fois que je suis montée dans le véhicule avec lui. J'expire un peu.

— Je pense que je vais marcher. C'est une belle journée.

Il lève les yeux au ciel à ma plaisanterie. Mon sens de l'humour ne l'amuse pas le moins du monde.

Le véhicule derrière lui klaxonne lorsqu'il ne tourne pas assez vite, car il essaie de me convaincre de le suivre. Je ne sais pas où il va ni ce qu'il a l'intention de me faire.

Je fais un geste pour lui dire de s'en aller. Je ne monterai pas, et il bloque la circulation et empêche les piétons de traverser.

Il ferme sa fenêtre et le conducteur avance lentement. Les feux de détresse s'allument et Mikhaïl sort sous la pluie.

— Tu vois ce que tu me fais faire ?

— Vraiment ? On fait ça maintenant ? demandé-je.

On est juste devant le bâtiment du FBI. Il y a des caméras partout, non pas que j'aie quelque chose à cacher.

— Qui t'a fait ça ? demande Mikhail, en regardant mon hématome. C'était cette ordure d'Aaron ?

Je ne défends pas Aaron. Il m'a frappé, et il a été brutal avec moi hier soir. Ça aurait pu être bien pire, mais ça fait mal.

— Pourquoi ça t'intéresse ? demandé-je.

Je lève mon parapluie plus haut pour nous protéger, Mikhail et moi, de la tempête. Ça ne fait rien. Mes vêtements sont trempés. Mes cheveux sont mouillés et collent à mon corps. Il fait froid, et j'essaie tout.

La seule bonne nouvelle est que j'ai ma valise de la mission précédente et que tous mes vêtements sont à l'intérieur, à l'étage. Je peux me changer si j'en ai besoin.

— Nous ne sommes peut-être pas du même côté, mais je n'aime pas te voir blessée, dit Mikhail.

— C'est vrai, c'est pour ça que tu as pointé une arme sur moi.

Je ne crois pas une minute à ses conneries.

Il secoue la tête et regarde ailleurs. J'ai le pouvoir de le frustrer, on dirait. Bien. Il ramène son regard sur le mien.

— Tu t'es mise devant mon arme, *Kisa*, pour protéger un monstre.

Je ne défends pas Aaron.

— Peut-être que tu aurais dû lui tirer dessus, murmure-je tout bas.

Je ne le pense pas. Je ne devrais même pas le dire à un homme qui tue des gens pour vivre.

Est-ce qu'il considère ça comme un sport ou une nécessité ?

Je ne demande pas. Je ne veux pas savoir comment il peut voler la vie de quelqu'un et la stopper.

— Viens avec moi, dit Mikhail.

— Le FBI sait que j'ai été démasquée, dis-je. Si je disparais–

— Je ne vais pas te forcer à venir avec nous. Si tu préfères être trempée sous la pluie, ne te gêne pas.

Il se dirige vers le 4x4.

J'ouvre la bouche. Une partie de moi veut aller avec lui. Je ne devrais pas, il est dangereux, et je pourrais perdre mon travail en fréquentant un criminel.

— Nous deux, c'est impossible, Mikhail, dis-je.

Il ouvre la porte du véhicule.

— Tout ce que je propose, c'est de te déposer.

Je ne le crois pas. Ce n'est jamais aussi simple, pas avec Mikhail Barinov, et certainement pas avec la bratva.

DOUZE

Mikhail

Je fais tout ce qui est en mon pouvoir pour ne pas me retourner et la faire monter dans le véhicule. Il pleut à verse dehors, Madisyn a un œil au beurre noir et je ne suis pas d'humeur à jouer.

Je monte du côté passager et je ferme la porte.

— Attends une minute, dis-je en levant un doigt vers Luka.

La pluie tombe à verse sur le pare-brise. Il est difficile de voir quoi que ce soit, mais j'ai le regard fixé sur le rétroviseur extérieur.

Elle traverse la rue à toute vitesse, trempée. Le parapluie qu'elle a est minable, il ne vaut même pas la peine d'être sorti sous la pluie. Elle devrait être à l'intérieur ou prendre un taxi pour aller où elle se rend.

— Suis-la, dis-je.

Luka me jette un regard.

— J'obéirai à vos ordres, mais j'ai côtoyé assez de femmes pour savoir qu'elle ne veut pas être suivie.

— Qu'est-ce que je suis censé faire ?

Je n'attends pas de réponse de Luka, mais il m'en donne une quand même.

— Laissez-la tranquille. Je ne sais pas pourquoi vous la poursuivez. C'est une fédérale qui va forcément vous envoyer en taule.

— Tu as vu son œil au beurre noir ?

— Ouais, je ne vous ai jamais pris pour un homme qui maltraite les femmes, dit Luka.

Il me jette un coup d'œil avant d'allumer son clignotant pour s'insérer dans la circulation.

— Je n'ai pas posé un doigt sur elle.

— Vous savez qui l'a fait ?

Luka s'engage dans la circulation et appuie sur l'accélérateur. Nous faisons une brusque embardée vers l'avant alors qu'il coupe un autre véhicule.

— Ouais, son ex-petit ami, Aaron. C'est un connard, marmonné-je.

La ceinture de sécurité se resserre alors que Luka est obligé de freiner brusquement. La circulation est un cauchemar en ville, et la pluie ne nous fait pas de cadeau.

— Vous avez son adresse ?

— Il travaille avec elle, dis-je en me pinçant l'arête du nez. J'aimerais lui bousiller le visage et donner une leçon à ce bâtard. Mais c'est un agent fédéral, ce qui me met dans une situation difficile. Si je le malmène, je devrai le tuer.

— Surveiller les Fédéraux et attendre qu'il quitte son travail, c'est pas évident. Je ne peux pas dire que je suis ravi de l'idée, mais vous savez que je ne refuse jamais un défi.

Au moins, il est honnête.

— Ne t'inquiète pas. Je ne vais pas le toucher. Je n'aurai pas à le faire parce que Madisyn reviendra en rampant vers moi.

— Et vous voulez qu'elle revienne, patron ?

Luka tourne au coin de la rue, et je réalise qu'on a tourné en rond. On est de retour sur la route principale, la même que Madisyn a empruntée plus tôt.

C'est une coïncidence qu'on soit passés devant Madisyn et qu'on l'ait vue. Nous ne passions pas intentionnellement devant Federal Plaza. Nous étions sur Lafayette Street en direction d'un déjeuner d'affaires, qui a été annulé.

— Je ne veux pas qu'Aaron s'approche d'elle.

— Et vous allez accomplir cela comment ? Ils travaillent ensemble, vous l'avez dit vous-même.

— Je vais le faire virer.

Luka gare le véhicule sur le côté de la route.

— Vous devriez descendre ici.

Il me dépose pour que je ne sois pas trempé. Il est un peu tard pour ça, mais j'ouvre la porte et je sors du 4x4. La pluie n'a pas encore cessé, et même si nous avions l'intention de retrouver notre associé pour déjeuner, nous ne serons que tous les deux.

Luka s'engage dans la circulation pour garer le véhicule au coin de la rue.

La clochette de la porte tinte lorsque je l'ouvre et sors de la pluie. Je suis encore bien humide de la tempête, mais je survivrai.

J'aperçois Madisyn, trempée de la tête aux pieds. Ses cheveux sont sombres lorsqu'ils sont mouillés et emmêlés. Elle est trempée alors qu'elle se tient devant moi, attendant que l'hôtesse lui donne une table pour le déjeuner.

Elle jette un coup d'œil par-dessus son épaule et soupire lourdement.

— Tu me suis ? demande Madisyn.

— Je suis juste ici avec Luka pour déjeuner.

— Et il est... Madisyn jette un coup d'œil dans le restaurant, puis derrière moi, sans doute à sa recherche.

— Il est en train de garer la voiture, dis-je.

Je ne la suivais pas, mais l'idée est tentante, de voir où elle vit, qui elle est en dehors du personnage qu'elle prétend être quand elle est avec moi.

Ses sourcils se froncent, mais elle ne dit rien.

— Une table pour deux ? demande l'hôtesse en prenant les menus sur le comptoir.

— Juste une personne, répond Madisyn.

Je fais un geste vers son visage meurtri.

— On doit encore parler de ce qu'il t'a fait.

Je n'aime pas les hommes qui frappent les femmes.

Même si elle m'a trahi et a prétendu être quelqu'un qu'elle n'est pas, elle ne méritait pas sa colère.

Seulement la mienne.

Mais je ne la frapperai pas.

— Mikhail, dit Luka en s'abritant de la pluie à l'intérieur.

Le parapluie a bien tenu le coup pour lui. J'aurais dû utiliser ce fichu truc quand j'ai parlé à Madisyn plus tôt dans la tempête.

Nous sommes rapidement assis à une table pas trop loin de Madisyn. J'ai une vue directe sur elle. Elle jette un bref coup d'œil au menu avant de faire signe à la serveuse pour commander.

— Je croyais que c'était fini entre vous deux, dit Luka.

Il prend le menu et fait semblant de le lire. Nous avons mangé ici des dizaines de fois. Il prend toujours le même plat.

— On ne va pas commérer sur ma vie privée.

Je lui lance un regard pour qu'il la ferme.

— Ce n'est pas du commérage si je vous en parle, dit Luka. (Il pose le menu sur la table.) Non pas que vous vouliez mon avis, mais allez lui parler. Vous la fixez depuis la minute où je suis entré, et probablement plus longtemps.

Je grogne et détourne le regard de Madisyn. Elle fixe son téléphone depuis que la serveuse est partie.

— Je ne veux rien avoir à faire avec elle, dis-je.

— Vous mentez très mal.

— Ça suffit ! Je lui grogne dessus pour qu'il ferme sa gueule. Cette discussion est terminée.

————

On finit de déjeuner, et ça m'a pris beaucoup plus d'énergie que ça ne devrait d'ignorer Madisyn. Quand elle se lève enfin pour partir, je pousse un soupir de soulagement.

Elle a été une distraction pendant tout le repas.

Nous payons la serveuse et nous nous levons pour partir. Madisyn a fini quelques minutes plus tôt, et je pensais qu'elle serait rentrée à pied.

Mais il pleut toujours.

Merde.

Elle est près de la porte.

— Je vais vite faire un tour aux toilettes, dit Luka.

— Tu ne peux pas attendre, putain ?

Je suis déjà debout, et si je me rassieds à la table, on croira que je l'évite intentionnellement. Ce qui, à ce stade, est le cas.

Luka m'ignore et se dirige vers l'arrière, où se trouvent les toilettes. Essaie-t-il de m'énerver, parce qu'il le fait très bien ?

Je passe devant plusieurs tables vides et me dirige vers l'entrée principale.

Madisyn se tient près de la porte, son vieux téléphone dans la main.

Est-ce qu'elle attend que la pluie se calme ? Cela pourrait prendre des heures. La météo ne prévoyait pas d'éclaircissement avant ce soir.

— Tu veux que je te dépose ? demandé-je.

— Non, j'attends mon chauffeur, dit Madisyn.

Elle grommelle quelque chose d'inintelligible tout bas.

Il y a une gêne et une lourdeur ressenties alors que nous nous tenons à quelques mètres de distance.

— Je parie que ton patron était fier de toi.

C'est un coup bas, mais je ne peux m'empêcher de ressentir de la colère et de la haine envers elle pour ce qu'elle a fait.

— Pardon ? Elle passe son regard de la porte vitrée à moi.

— Être capable d'infiltrer mon organisation. (Je fais attention à ne pas utiliser la bonne terminologie dans un lieu public.) Je parie qu'ils te décerneront une médaille pour ça. Ça n'a pas dû être facile.

Ses yeux se crispent, et il y a une lueur de quelque chose qui ne m'est pas familier.

— Ouais, une vraie étoile dorée pour avoir réussi. Je resterai dans les annales comme l'agent qui a baisé un patron de la bratva et qui n'a pourtant pas obtenu un seul renseignement à utiliser.

J'ouvre la bouche mais je la ferme rapidement. Pourquoi est-elle énervée ? Je ne l'ai pas trahie. Elle savait qui j'étais depuis le début.

— C'est mon chauffeur, dit-elle et elle franchit la porte d'un pas léger.

Elle grimpe sur le siège arrière, et mon estomac se retourne. Je vois le conducteur, Santiago Rodriguez, un coursier du cartel Sanchez. Une ordure de bas étage dans les rangs inférieurs. C'est un moins que rien, mais il est loyal envers Carlos.

D'habitude, il transporte de la drogue et des armes. Je n'ai jamais vu aucun membre de cartel travailler pour un service de covoiturage, même pas à côté.

Qu'est-ce que Santiago manigance, et pourquoi Madisyn part avec lui ?

Elle est déjà dehors et sur le siège arrière de la berline quand je sors sous la pluie. Le véhicule s'éloigne du trottoir et se mêle à la circulation.

Madisyn n'a aucune idée de ce qu'elle a fait et avec qui elle est. Mais je n'ai pas les clés et je ne sais pas où Luka a garé le véhicule pour la poursuivre.

— Vous êtes prêt à partir ? Luka sort et ouvre le parapluie, nous protégeant, lui et moi, de la pluie.

— Le cartel vient de prendre Madisyn, dis-je.

— Comment ça, prendre ?

Il pointe du doigt la direction dans laquelle nous devons nous diriger pour récupérer la voiture. Je pourrais attendre à l'intérieur. D'habitude, je le fais, mais là c'est plus urgent que d'habitude.

— Eh bien, elle est allée avec eux. Mais elle ne sait pas que c'est Santiago du Cartel Sanchez. Elle pensait qu'elle rentrait au bureau avec un véhicule de covoiturage.

— Et vous le savez parce que ? demande Luka.

Nous tournons au coin de la rue et nous nous dirigeons vers le parking. Luka ferme le parapluie, le portant avec lui alors que nous nous dirigeons vers les escaliers.

— C'est au premier étage, dit-il.

Nous montons la cage d'escalier. C'est plus rapide que d'attendre l'ascenseur, et en ce moment, je dois me dépêcher de trouver Madisyn.

— Je lui ai parlé avant que la voiture ne s'arrête. Je n'ai vu qui était le conducteur que juste avant qu'ils partent.

Je veux me tromper, mais c'est Santiago que j'ai vu au volant de la voiture.

Luka ouvre la porte du deuxième étage et me conduit vers le véhicule.

— Que voulez-vous faire, patron ?

— Commençons par essayer de les retrouver et de les traquer, dis-je. Ils ont quelques minutes d'avance, mais tu sais comment est la circulation. Avec un peu de chance, ils n'ont pas pu aller bien loin.

TREIZE

Madisyn

— On vient de passer le virage pour l'adresse que je vous ai donnée.

J'avais vérifié la plaque d'immatriculation ainsi que la marque et le modèle du véhicule avant de monter sur la banquette arrière.

Le conducteur ne répond pas.

— Monsieur ?

Nous ralentissons en arrivant à un feu rouge, et je tire sur la poignée de la porte, mais elle ne bouge pas.

Merde !

Je vérifie toujours que la sécurité enfant n'est pas enclenchée quand je monte à l'arrière d'un covoiturage. Mais j'étais tellement concentrée sur Mikhail et tentais de l'ignorer pendant le déjeuner que j'ai été distraite.

— Qui êtes-vous ? Qu'est-ce que vous voulez ?

J'essaie de ne pas laisser ma voix trembler, mais je n'aurai peut-être pas d'autre occasion si je ne me bats pas maintenant.

Il est silencieux.

Est-ce qu'il travaille pour Mikhail ? Est-ce qu'il va me menacer parce que j'ai trahi sa famille ?

Peut-être que ça n'a rien à voir avec Mikhail. Je ne le reconnais certainement pas comme un membre de la bratva.

A-t-il une vendetta contre le FBI ?

Ou peut-être que c'est juste un pervers qui veut m'avoir seule.

Ça n'a pas d'importance, et je dois sortir tant que je le peux encore. Nous ne sommes pas loin du bureau. Je peux voir le gratte-ciel depuis la route. Nous sommes à un pâté de maisons, mais nous allons dans la mauvaise direction.

Je n'ai pas grand-chose à part mes mains et mon sac à main. Je n'ai pas mon arme avec moi parce que j'étais sous couverture. Elle est enfermée dans mon coffre à la maison. Ça ne me sert pas à grand-chose en ce moment.

J'attrape les sangles de mon sac à main et les enroule autour du cou du conducteur, coupant son oxygène et l'étouffant.

Il percute le véhicule devant nous, et je suis projetée en avant.

— Salope ! grogne-t-il en tournant sur le volant et en appuyant sur l'accélérateur, contournant la voiture qu'il vient de percuter.

Il se faufile entre les véhicules et traverse imprudemment la circulation, conduisant sur le mauvais côté de la route avant de s'engager dans une ruelle.

A l'autre bout de la route étroite, se trouve un 4x4 noir.

Le conducteur ralentit avant de couper le moteur.

Deux hommes en costume sombre sortent du véhicule qui bloque la route. La pluie s'est calmée, mais aucun des deux ne semble se soucier d'être mouillé.

Je ne reconnais pas l'homme chauve, plus grand et plus musclé, qui conduisait, mais le second, qui arrive du côté passager, m'est familier.

C'est un associé de Mikhail, plus précisément, un garçon de courses.

— Sergei ?

Pourquoi font-ils ça ?

Le grand associé chauve ouvre la porte arrière, entre dans le véhicule et m'attrape le bras.

— C'est Mikhail qui vous envoie ?

Je n'arrive pas à croire qu'il ait le culot de prétendre qu'il se soucie de moi !

— Viens avec nous, dit l'homme chauve.

Il ne répond pas à ma question. Il me traîne vers le véhicule qui attend tandis que Sergei dit discrètement quelque chose au conducteur.

Je n'entends pas ce qui se dit, et je m'en fiche.

— Lâche-moi ! crié-je, en me débattant.

Mon coude frappe le type dans les côtes, mais il ne bronche même pas.

Nous sommes dans une ruelle sombre. Il n'y a pas de témoins, pas de fenêtres, aucun signe de vie à part nous.

Si je vais avec ces hommes, je n'aurai peut-être pas d'autre occasion de m'échapper.

Est-ce que Mikhail veut me tuer ?

A-t-il commandité ma mort parce que je travaille pour le FBI ?

J'écrase les orteils du chauve et lui envoie mon coude dans l'aine.

Il grogne et reste momentanément sonné, libérant mon bras de son emprise.

— Reviens ici ! crie-t-il, plié en deux par la douleur.

Bien sûr, comme si j'allais attendre qu'il me tue. Il pensait que je ne me défendrais pas ? Il sous-estime mon désir de survie.

Je cours dans la direction opposée au véhicule, vers la route principale, pour demander de l'aide, en criant pour attirer l'attention de quelqu'un d'autre.

Sergei me poursuit. Ses pas deviennent plus forts et plus proches.

Je jette un coup d'œil par-dessus mon épaule et commets l'erreur de le voir me rattraper. Mais ce n'est pas tout ce que je remarque : le chauve tient quelque chose dans sa main.

Je ne peux que l'apercevoir. Est-ce une arme ? Il ne me prévient pas qu'il va me tirer dessus, et pourquoi le ferait-il s'il veut me tuer ?

Une décharge d'électricité parcourt mon corps.

Ce salaud a un taser.

Je tombe au sol, incapable de courir ou de me défendre.

Sergei me prend dans ses bras et me porte jusqu'au véhicule qui m'attend.

Il aurait pu me tuer. Pourquoi ne l'a-t-il pas fait ?

————

Je me réveille dans une cellule froide et sombre. Une seule ampoule au plafond éclaire la pièce. Le sol est froid et dur. Il est en ciment. Les murs sont en briques et épais d'après ce que l'on voit.

Il n'y a pas de fenêtre. Aucune trace du monde extérieur depuis mon point d'observation.

Il y a un escalier en bois qui mène à l'étage. Mais vers où ? Suis-je de nouveau dans la maison de Mikhail ?

Est-ce sa prison ?

Je suis en cage dans la cave, mes chevilles sont attachées et enchaînées. Mes mains ne sont pas liées, mais je n'ai pas d'outils pour crocheter la serrure ou d'armes pour me défendre.

La pièce est petite et poussiéreuse. Elle aurait pu être utilisée pour stocker du vin il y a cent ans.

Je suis la seule prisonnière, confinée à la mort.

Pourquoi m'enfermer si c'est pour me tuer ? Rien de tout cela n'a de sens.

En haut, il y a des pas lourds contre le plancher. Quelqu'un fait les cent pas dans toute la pièce.

Il y a des voix étouffées, fortes et rauques. Je n'arrive pas à comprendre ce qui se dit ni à qui appartiennent ces voix. La conversation entre les hommes s'intensifie. Les cris de deux hommes s'affrontent. Je le sens dans le ton de l'un des hommes.

Le désespoir.

Est-ce qu'il plaide pour sa vie ?

Ma bouche devient sèche, et mes doigts tremblent alors que je tripote les liens métalliques autour de mes chevilles. Je n'ai pas d'outils, mon sac à main n'est pas avec moi, mon téléphone pourri est abandonné, et mes chaussures ont été confisquées.

Un coup de feu retentit, et un bruit sourd suit lorsque quelque chose ou quelqu'un tombe au sol.

Des pas lourds se font entendre à l'étage supérieur. Une minute plus tard, quelqu'un déverrouille la porte de la cave.

Quelqu'un descend les escaliers. Il fait sombre et il est difficile de voir la silhouette masculine, mais ce n'est pas Mikhail, d'après son physique et sa taille.

Il s'avance sous l'unique ampoule qui nous éclaire, et mon souffle s'arrête dans ma gorge. Carlos Sanchez, le chef du cartel. C'est la dernière personne que je m'attendais à voir descendre dans la cave.

— Carlos, soufflé-je en le regardant fixement.

— Tu sais qui je suis, bien. (Il rayonne.) Ma réputation va très loin. Contrairement à ton petit ami, qui aime diriger la ville. Il n'est rien en dehors de cette ville.

Mon petit ami ? Est-ce qu'il pense que Mikhail et moi sommes ensemble ?

— Pourquoi me kidnapper et m'amener ici ? demandé-je.

Que se passera-t-il quand ils réaliseront que je suis un agent fédéral et pas la petite amie d'un chef de bratva ? Je suis comme morte.

Carlos se penche mais garde une grande distance entre nous.

— Pourquoi, à ton avis ? On veut atteindre Mikhail.

Je me moque de sa suggestion.

— Eh bien, nous avons rompu. Tes renseignements sont nuls.

J'ai bêtement pris le mauvais téléphone en allant déjeuner. J'étais tellement pressée de m'éloigner d'Aaron que je n'avais pas réalisé que j'avais pris le téléphone que j'utilisais sous couverture. Ils ont dû utiliser mon téléphone bidon pour me suivre et intercepter la demande de covoiturage.

— Et mort, dit Carlos. Sergio ne peut pas retourner travailler avec Mikhail. Maintenant que tu sais qu'il travaille pour moi, c'est fini.

— Sergio ? Tu veux dire Sergei ?

Carlos glousse et se lève.

— Son vrai nom était Sergio. Il est devenu Sergei pour infiltrer les Russes.

— Que comptes-tu faire ? demandé-je.

Je ne peux pas imaginer qu'il va me laisser partir libre, et Mikhail ne se souciera pas de ce qui peut m'arriver. Nous ne sommes pas ensemble. Nous n'avons jamais vraiment été un couple.

— Ne t'inquiète pas pour ça dans ta jolie petite tête. J'ai des choses plus importantes pour lesquelles tu dois m'aider.

Si ça signifie sortir des chaînes et de la cave, je prends le risque.

Je baisse les yeux, en essayant de ne pas avoir l'air intimidante ou menaçante. Il ne sait pas que je suis du FBI, et je ne veux pas qu'il ait le moindre soupçon à mon sujet.

Je laisse ma voix trembler. Ce n'est pas incroyablement difficile, étant donné les circonstances.

— Que veux-tu que je fasse ? demandé-je.

— Appelle Mikhail. Dis-lui que tu veux le voir.

C'est tout ? Je pousse un soupir de soulagement. Ils me sous-estiment, ce qui est bien, mais sortir de ces chaînes va demander plus de travail que de passer un simple coup de fil.

— Je n'ai pas mon téléphone.

— Tu peux utiliser le mien, dit-il.

Carlos fourre sa main dans la poche de son pantalon et en sort son téléphone portable, me tendant l'appareil.

Je ne connais pas le numéro de Mikhail, ce qui est étrange pour une petite amie. Mais je peux faire avec.

— Je n'ai pas mémorisé son numéro. Il est dans mon téléphone.

Il lève les yeux au ciel, prend le téléphone et compose le numéro de Mikhaïl, en mettant l'appel sur haut-parleur.

— Qui est-ce ? Comment avez-vous eu mon numéro ? Mikhail répond au téléphone.

Sa voix provoque une sensation de chaleur et des picotements à l'intérieur de moi.

— C'est moi, dis-je, comme s'il allait reconnaître ma voix n'importe où. Ta *Kisa*.

Ce n'est pas comme si je connaissais très bien Mikhail, mais il m'avait appelé *Kisa* plusieurs fois. Je ne peux qu'espérer qu'il se rende compte que j'ai des problèmes, que je ne m'appellerais jamais comme ça sans être sous la contrainte.

Surtout maintenant, alors qu'il est au courant de ma trahison et qu'il me déteste.

Mikhaïl se racle la gorge, et sa voix est basse et plus grave.

— Où es-tu, *Kisa* ? demande-t-il. (Il a un son sexy, rude et rauque.) J'aimerais t'avoir dans mon lit, finir ce qu'on a commencé sous la douche ce matin.

On n'a jamais pris de douche ensemble ce matin. Il essaie de me donner un indice. Ou peut-être qu'il joue le jeu parce qu'il sait que je suis en danger.

Comment lui dire que Sergei est derrière mon enlèvement et que le cartel me retient contre ma volonté ?

Carlos m'arrache le téléphone des mains et raccroche.

— Qu'est-ce que tu fais ? Je halète.

Ne voulait-il pas parler à Mikhail ?

Carlos lève un doigt pour que j'attende. Le téléphone dans sa main sonne, et il répond.

— Maintenant que j'ai attiré ton attention, je veux que tes hommes laissent ma marchandise tranquille.

— De quelle marchandise parle-t-on ? demande Mikhail.

Il ne prend pas la peine de couper le haut-parleur de l'appel.

— Je ne discute pas des détails au téléphone, dit Carlos.

— Où et quand ? demande Mikhail. Ce devra être un endroit public et...

— Non, interrompt Carlos. On fait ça à ma façon si tu veux voir ta copine vivante. Dans une heure, viens à ma résidence. Tu sais où c'est, non ?

— Oui.

Carlos me sourit et raccroche. Ses deux dents en or brillent sous l'ampoule faible.

— Tu viens avec moi. J'ai entendu dire que tu es infirmière.

Il sort une paire de menottes de sa poche arrière.

— D'abord, tu mets ça. Ensuite, j'enlèverai les attaches à tes chevilles.

Je tends les bras, et il fixe les menottes métalliques à mes poignets. Je ne me débats pas avec lui, pas encore, tant que je suis encore attachée au sol.

Satisfait de m'avoir sous son contrôle, il enlève les liens autour de mes chevilles.

— Viens avec moi, dit-il et il m'entraîne dans l'escalier en bois branlant.

L'air est musqué et vicié à l'étage, tout aussi mauvais que dans la cave. Mais où sommes-nous ?

Il y a de la poussière dans tous les coins et des draps recouvrent les meubles. Ce n'est pas ici que Carlos habite, et ce n'est pas sa résidence, où Mikhaïl doit le rencontrer.

La bile me monte à la gorge, et je la ravale.

Carlos a piégé Mikhail. Je ne sais pas ce qui attend Mikhail à la résidence, mais je n'y suis pas. Il n'y aura aucune négociation ou chance qu'il me sauve et me ramène chez moi.

Je doute qu'il me libère. Il ne se montrera probablement même pas pour offrir à Carlos ce qu'il veut. Pourquoi le ferait-il ? Je suis juste une fille qui l'a brûlé de l'intérieur.

Il me déteste, et je ne lui en veux pas.

— Où sommes-nous ? demandé-je. Ma voix est douce et non menaçante. Mes mains sont toujours liées, mais elles sont devant moi, ce qui me permettra de me défendre quand le moment sera venu.

Mais pas encore. Pas avec Carlos et ses hommes qui rôdent dans le coin. Je ne veux pas faire l'expérience d'un autre taser dans mon dos ou, pire, d'une balle dans la tête.

Carlos m'escorte à travers la cuisine et passe devant le corps de Sergei. Il est étendu sur le sol dans une mare de son sang. Il enjambe le cadavre comme s'il s'agissait d'un jouet d'enfant qui n'a pas été ramassé.

— Par ici, dit-il, s'attendant à ce que je le suive.

Deux membres du cartel sont assis à la table de la cuisine, armes à la main, et me regardent. C'est comme s'ils attendaient pour me tuer, prêts à appuyer sur la gâchette.

Je suis docilement Carlos dans la cuisine, puis il me conduit par un escalier de service au deuxième étage. La maison est remplie de toiles d'araignées. L'endroit est inoccupé depuis un certain temps.

— J'ai besoin que tu le soignes, dit Carlos en me conduisant dans une chambre.

Un homme est allongé sur le matelas, le visage rouge, et il gémit.

— Je ne peux rien faire avec mes mains comme ça, dis-je en lui montrant les menottes.

Carlos grogne et enfonce la clé dans la serrure, retirant les menottes.

— Tu as du matériel médical ? demandé-je en m'approchant du patient.

Son front est couvert de sueur. A première vue, je dirais qu'il a de la fièvre.

— Pas grand-chose, admet Carlos en jetant un coup d'œil dans la pièce. On n'est pas venu ici depuis un moment.

— La poussière me le montre, dis-je.

Carlos me donne un coup de poing dans le visage.

— Surveille ton ton. Tu es une prisonnière, pas une invitée.

La blessure récente qu'Aaron a laissée sur ma peau me brûle à nouveau. Je grimace et examine le patient.

— Je suis Madisyn, dis-je au patient pour me présenter.

— Reece, râle-t-il.

Il fait une grimace d'agonie en parlant.

Pourquoi essaie-t-il de cacher sa douleur ?

— Je suis infirmière. Je peux vous poser quelques questions ?

Il hoche faiblement la tête. Ses joues sont rouges, ses pupilles larges, mais la pièce est faiblement éclairée. J'ouvre les rideaux et laisse plus de lumière filtrer dans la pièce.

— Avez-vous des blessures ou des infections récentes ? demandé-je en m'approchant de son lit pour mieux l'observer.

Ses joues sont rouges.

Je ne sais pas à quoi j'ai affaire à part le cartel et un tas d'ennuis.

Ses yeux sont vitreux et il jette un coup d'œil à Carlos.

— J'ai peut-être été blessé, dit-il.

Il fait attention à sa réponse. Je soupçonne Carlos d'être derrière cette blessure, mais il ne doit pas le vouloir mort comme Sergei.

— Puis-je regarder ? demandé-je, en gardant un ton calme et doux.

Il soulève sa chemise, et il y a un signe évident d'infection autour de ce qui semble être un récent coup de couteau. La blessure est rouge et enflée.

— Votre blessure est infectée, dis-je. Il vous faut des antibiotiques

— Il n'y en a pas ici. Quelles autres suggestions as-tu ? dit Carlos.

Je m'écarte du lit et me dirige vers Carlos.

— A part l'emmener à l'hôpital ?

Au moins, les bratva étaient préparés quand leur associé avait été blessé. Mikhaïl avait fait en sorte que ses hommes puissent bénéficier de soins médicaux appropriés au centre médical ou à son domicile.

— C'est hors de question.

— Cet endroit n'est pas du tout stérile. Tu n'as pas l'équipement médical nécessaire pour soigner ses blessures. Il a besoin que sa blessure soit nettoyée et bandée. Il aurait dû avoir des points de suture, mais il est trop tard pour ça à ce stade.

— Ne peux-tu pas écraser des ingrédients et faire une pâte ? Quelque chose à mettre sur sa blessure pour empêcher l'infection de s'aggraver et de devenir incontrôlable.

— Il a besoin d'antibiotiques. Sa blessure doit être soignée correctement, et cet environnement n'est pas à la hauteur des normes dont il a besoin. Conduis-le à ta résidence.

— Pardon ? Tu ne donnes pas d'ordres, dit Carlos.

Il s'approche, son souffle me heurte le visage.

— Si tu veux que ton ami reçoive un traitement médical, alors emmène-le au moins quelque part où je pourrai trouver les ingrédients nécessaires pour faire un cataplasme. J'ai besoin d'une compresse propre, d'herbes, de sel d'Epsom, et d'une variété d'autres ingrédients que je ne vais pas trouver dans la cuisine en bas.

Sa mâchoire se ferme, et il grince des dents.

— Bien.

Il attrape mon bras et me traîne en bas des escaliers.

Je masque la douleur, ravalant l'inconfort de sa poigne serrée alors que ses doigts s'enfoncent dans mon bras.

Il me traîne en bas des escaliers vers le rez-de-chaussée. Ses hommes lèvent les yeux pendant qu'on se dépêche de traverser la cuisine. Aucun ne semble particulièrement occupé. Un homme a un couteau dans sa main, et il épluche une pomme. L'autre joue sur son téléphone. A première vue, il parcourt un de ces réseaux sociaux.

— Emmenez-le en bas, pronto ! cri Carlos à ses hommes alors qu'il m'emmène dans le salon crasseux.

Il ouvre la porte d'entrée et me traîne dehors.

Mes pieds crissent sur le sol froid et enneigé. La plante de mes pieds est douloureuse à cause de la glace alors que je fais chaque pas vers le véhicule qui m'attend.

Je frissonne. Mes vêtements ne sont pas assez chauds pour ce temps, et je n'ai ni manteau, ni chaussures, ni même un chapeau d'hiver.

Le 4x4 noir est garé devant, ainsi qu'une berline à deux portes. Je regarde de plus près ce qui nous entoure. Nous sommes au milieu de nulle part, avec des arbres qui nous entourent sous tous les angles.

Il n'y a aucun autre bâtiment ou personne à proximité. Ils m'ont emmené dans un endroit isolé. S'ils voulaient me tuer, ils l'auraient déjà fait.

Il ouvre la porte arrière du véhicule.

— Monte !

Bien que je n'aie pas envie d'obéir à ses ordres, mes pieds brûlent à cause du froid, et je m'exécute en montant sur le siège arrière.

Carlos claque la porte derrière moi.

Ses hommes suivent par la porte d'entrée, avec Reece qui grimace de douleur. Reece a un bras passé par-dessus chacun des hommes qui le traînent dehors.

Ils échangent brièvement des mots en espagnol, à voix basse, ce qui complique l'écoute de la conversation depuis l'intérieur du 4x4.

Carlos ouvre la porte arrière, et ils jettent Reece à côté de moi.

— Garde-le en vie, dit Carlos.

Il claque la portière, m'enfermant avec l'homme blessé.

De la sueur perle sur le front de Reece. Sa respiration est faible et irrégulière. Il frissonne, et je ne sais pas si c'est à cause du froid ou de la fièvre qui le tenaille.

QUATORZE

Mikhail

— Vous êtes sûr de vous ? demande Luka.

C'est le seul homme qui sait ce qui se passe avec Madisyn. Bien sûr, certains d'entre eux savent que je l'ai emmenée dans ma chambre et que je lui ai fait passer du bon temps, mais ils ne savent pas tous qu'elle est un agent fédéral et qu'elle m'a trahi.

La liste des hommes qui sont au courant de sa trahison est courte. Je ne peux pas laisser mes hommes douter de mes compétences.

Et Luka est le seul à savoir qu'elle a été enlevée par le Cartel Sanchez.

Il conduit le véhicule, et je suis sur le siège passager. On est en route pour la propriété du cartel. C'est là qu'ils gardent Madisyn, ou la cachent-ils ailleurs ?

Ce n'est pas un secret, le cartel a au moins une douzaine de planques dans toute la ville. Probablement plus en dehors de New York. Ils ont un réseau complexe et une opération sophistiquée, mais typiquement, l'enlèvement de jolies filles ne fait pas partie de leur registre.

— Non, mais je ne peux pas risquer de la laisser entre les mains de Carlos Sanchez, dis-je.

Pendant un moment, j'ai envisagé de contacter le FBI et de me proposer pour sauver Madisyn.

C'était une pensée fugace et rapidement écartée au moment où mon téléphone a sonné et que j'ai entendu sa voix.

Elle est vivante.

Le cartel l'aurait déjà tuée s'ils avaient voulu l'assassiner et se réjouir de leur réussite. Ils veulent quelque chose qui se trouve être une partie de mes opérations.

Ce n'est pas comme si je ne pouvais pas me permettre de renoncer à une partie de mes activités, en particulier le trafic d'héroïne, ce que je suppose qu'ils demandent mais que je ne dirais pas au téléphone.

— Vous pensez que se montrer sans armée est la bonne décision ? demande Luka.

C'est un homme bon et il mourrait pour moi, comme tout bon soldat de la bratva. J'ai essayé de le marier à ma petite sœur, mais elle ne voulait rien avoir à faire avec lui.

— Je n'ai pas peur de Carlos ou du cartel, dis-je.

Nous conduisons jusqu'aux portes blindées de l'enceinte du cartel. On entre par l'entrée principale.

Luka me jette un coup d'œil mais cache toute trace de nervosité ou de doute.

Son téléphone vibre.

— On n'a pas le temps de s'occuper de nos hommes, dis-je. Laisse-le tomber sur la messagerie.

Le garde du cartel appuie sur le bouton de sa cabine et, tout doucement, le portail commence à s'ouvrir. Je soupire lourdement.

Après que le téléphone de Luka se soit tu, le mien se met à sonner. Je regarde le nom de l'appelant. C'est Dmitri.

Luka appuie doucement sur l'accélérateur, et nous nous dirigeons vers le portail ouvert et la large allée qui mène à la porte d'entrée.

Carlos n'est pas dehors, mais une demi-douzaine de ses hommes, armés de fusils, nous attendent.

— Pas maintenant, dis-je en répondant au téléphone. Je dois m'occuper de quelque chose.

— Eh bien, vous avez quelque chose à gérer d'encore plus important à la maison, répond Dmitri.

Il y a de l'agitation derrière, beaucoup d'agitation. Je peux entendre la déchiqueteuse qui tourne à plein régime et qui dévore des pages de documents.

Mon estomac s'agite.

— Le FBI est là, dit Dmitri.

Il raccroche, ne me donnant aucune précision sur la raison pour laquelle ils font irruption chez moi ou sur les preuves qu'ils ont pour justifier un mandat.

Je ne peux pas m'en occuper maintenant. Même si je le voulais, nous sommes sur la propriété du cartel, et ils grouillent autour du véhicule, armes à la main.

— Sortez ! crie un de leurs hommes en se tenant devant la porte.

Luka arrête le véhicule, et nous sortons. Les gardes du cartel sont rudes et minutieux quand ils nous fouillent pour chercher des armes, nous désarment, avant de nous pousser à l'intérieur par la porte d'entrée.

Il n'y a aucun signe de Carlos ou de Madisyn.

Où est-elle ?

— Où est Madisyn ? Je crie sur les gardes armés, en particulier ceux qui m'ont tiré du véhicule et poussé par les escaliers et à l'intérieur.

Leurs yeux sont sombres, sans vie.

Le cartel est connu pour ses affaires louches, comme le trafic de drogues et d'armes, mais le kidnapping n'est pas quelque chose qu'ils ont déjà fait avant, à ma connaissance. Sont-ils en train de monter en grade avec le trafic d'êtres humains, et pas seulement de marchandises, à travers la frontière ?

— C'est à nous de poser les questions, dit Carlos en descendant l'escalier, habillé de façon impeccable, mais avec une trace de sang sur la joue.

Ma bouche est sèche, et je serre les poings sur les côtés.

— Où est Madisyn ? demandé-je à nouveau.

Cette fois, la question s'adresse au chef du cartel, pas à ses soldats.

Il arrange sa cravate et se cale devant un miroir, admirant son reflet avant de répondre à ma question.

— Elle travaille pour moi.

Sa réponse est déconcertante. Je ne peux pas vraiment imaginer qu'elle soit disposée à faire son travail.

— Pardon ?

Mais de quoi parle-t-il ? Il a perdu la tête, ou il a quelque chose pour la faire chanter ? Non, si c'était le cas, alors le FBI passerait au peigne fin le lieu de travail et la résidence du cartel plutôt que la mienne.

La nausée s'installe en réalisant que ma maison est en train d'être saccagée par les fédéraux. Que cherchent-ils ? C'est à cause d'Aaron Moore ? A-t-il essayé de me piéger ? Ça ne m'étonnerait pas de cet homme. Il terrorise Madisyn, et la preuve sur son visage est suffisante pour me donner envie de tabasser cet homme et de le mettre en pièces.

Le FBI a-t-il réalisé que Madisyn n'était pas revenue du déjeuner ? Aurait-il soupçonné que j'étais derrière son enlèvement ?

— Tu m'as entendu, dit Carlos en s'approchant. (Il fait signe à ses soldats de s'écarter pour qu'il puisse venir se placer face à moi. Il me regarde avec ses yeux de fouine, mécontent de mon apparence. Secouant la tête, il se caresse la mâchoire.) Je ne sais pas ce que cette fille te trouve. Elle pourrait trouver tellement mieux.

— Elle est incroyable, dis-je, voulant le convaincre qu'elle m'appartient. (Je ne veux pas que mes secrets soient révélés au cartel. Et Carlos est un homme qui la forcerait, douloureusement, à divulguer chaque détail qu'elle a vu ou entendu, aussi insignifiant soit-il.) Où est-elle ?

Il s'approche et sourit.

— Elle s'occupe d'un de mes hommes.

Je balance mon poing en arrière et lui envoie un coup au visage. Le son des os qui craquent offre peu de soulagement. Que lui font-ils faire ?

Le garde qui m'a amenée à l'intérieur de la propriété du cartel me traîne loin de Carlos et me colle son arme contre la tête avant d'enlever la sécurité et de pointer le canon vers ma tempe.

— Madisyn ! crié-je, fixant l'escalier, supposant qu'elle est retenue à l'étage puisque c'est de là que Carlos est venu.

Mais elle pourrait être n'importe où.

Il sort un mouchoir de sa veste et regarde si son nez ne saigne pas. On peut casser le nez d'un homme sans que le sang ne gicle.

Son nez est tordu, ce qui correspond bien à sa personnalité. J'ai envie de lui casser la gueule, mais je ne pense pas que ses hommes me laisseront continuer. Je serais probablement abattu par le connard qui se tient à côté de moi avec son arme pointée sur ma tête.

— Elle est préoccupée par un autre de mes hommes en ce moment, dit Carlos en gloussant à sa remarque. Baisse ça.

Il fait un geste vers son homme qui le défend, et l'arme près de ma tempe est abaissée.

— Comment as-tu su qu'elle était à moi ?

Renoncer à quoi que ce soit pour sauver Madisyn n'est pas sage pour l'organisation et mes hommes. Mais je suis là, malgré mon discernement. Et surtout, je soupçonne furtivement que quelque chose de plus sinistre se trame dans mon dos.

Et cette fois, Madisyn n'est pas la coupable.

Du moins, je ne pense pas qu'elle le soit, et il n'y aurait aucune raison pour qu'elle s'associe au cartel afin de pouvoir revenir vers moi. Ça n'a pas de sens.

Carlos glousse tout bas et remet le mouchoir dans son manteau.

— Tu crois que je te dirais tous mes secrets ?

— Peut-être que tu ne la détiens même pas, dis-je. Tes hommes ont escroqué des gens pendant des années. La voix à l'autre bout du fil a pu être simulée pour ressembler à Madisyn.

Le sourire sur le visage du chef du cartel disparaît.

— Tu veux voir ta petite amie ? Aaron ! crie Carlos depuis l'entrée principale.

Aaron ?

Ça ne peut pas être le même Aaron que l'ex-petit ami de Madisyn et du FBI, c'est trop de coïncidences. Aaron est un nom assez commun, ça doit être quelqu'un d'autre.

Peu importe à quel point j'aimerais que ce soit un autre Aaron, le même bâtard suffisant qui s'est pointé chez Madisyn l'autre soir descend les escaliers, sa main sur la rampe, avec un air suffisant de merde.

Je veux faire disparaître ce sourire de son visage et lui éclater la tête sur le sol. Cet homme mérite une bonne raclée après la façon dont il a traité Madisyn. C'est dégueulasse.

Que sait Carlos à propos d'Aaron ?

— Mieux encore, tu me donnes Madisyn, et je te parle de l'agent du FBI sous couverture avec lequel tu travailles, dis-je. Un de tes hommes est un fédéral.

Carlos jette un coup d'œil à Aaron par-dessus son épaule.

— Tu veux dire ce type ? (Il pointe son pouce dans la direction d'Aaron.) Aaron est l'un de mes plus loyaux associés. Je sais qu'il travaille pour le FBI. Comment crois-tu qu'on ait réussi à leur faire fermer les yeux pendant si longtemps ?

— Ton homme loyal ici présent aime brutaliser les femmes, dis-je. Il lui a fait cet œil au beurre noir qu'elle porte.

— Elle a baisé ce type, dit Aaron en me montrant du doigt. Elle mérite qu'on lui rappelle à qui elle appartient.

Carlos n'est pas le moins du monde déstabilisé par ma remarque ou celle d'Aaron.

— Ce qu'il advient de la fille ne m'importe pas vraiment. J'ai pensé que ce serait amusant de t'inviter pour voir qui elle choisira.

— C'est ton idée d'une invitation ?

Le cartel est plus fou que je ne l'aurais jamais cru par le passé.

— C'est un compromis. Je libère la fille, et tu renonces à ton droit de vendre de l'héroïne. Le cartel sera le vendeur exclusif. A moins que tu veuilles travailler pour moi et dealer notre produit ?

Je me moque de sa suggestion.

— Je ne travaille pas pour toi.

Carlos sourit, pas le moins du monde surpris par ma réponse.

— Est-ce qu'on a un accord ?

— Non, dis-je. Laisse Madisyn partir avec moi, et je ne brûlerai pas ta maison.

— Tu n'en es pas capable, dit Carlos en croisant ses bras sur sa poitrine.

Il me pousse à bout.

Je me mords la langue pour ne pas révéler que j'ai commis une pléthore d'actes terribles, assassinant des hommes, menaçant des femmes et des enfants. Je ne suis pas un saint. Je ne prétends pas être un type bien parce que je ne le suis pas.

Aaron est un agent du FBI, et qu'il soit sous couverture ou un agent véreux travaillant avec

Carlos, je ne peux pas prendre le risque que tout ce que je dis soit enregistré. Je n'ai pas l'avantage de pouvoir le fouiller pour trouver un micro ou tout autre dispositif placé sur lui.

Carlos donne l'ordre à un de ses hommes d'aller chercher Madisyn. Son associé monte à l'étage et, quelques minutes plus tard, revient avec elle. Ses doigts sont serrés autour de son bras.

Il y a du sang séché sur ses doigts, et ses cheveux sont ébouriffés. Ses pieds sont nus, et elle grimace lorsqu'elle est traînée avec force dans les escaliers et poussée à côté de Carlos.

— C'est un plaisir de te revoir, dit Carlos avec un sourire en coin, en regardant Madisyn.

Il la regarde de haut en bas, reluquant ses seins.

— Ça suffit ! grogné-je à Carlos et mon poing s'abat sur sa mâchoire.

Malheureusement, je ne la casse ni ne la disloque.

Quel dommage.

J'aurais aimé réussir à marquer deux fois contre lui et donner une leçon à cette sale vermine.

Un de ses gardes me tire loin de lui, me poussant en arrière de plusieurs mètres pour garder une distance adéquate entre moi et leur patron.

Les yeux de Madisyn s'écarquillent et son regard passe de moi à Aaron. Je ne suis pas sûr de savoir qui elle méprise le plus.

— Qu'est-ce qui se passe ? demande Madisyn.

Carlos rayonne de fierté. Je n'ai pas la moindre idée de ce qui se passe dans la tête de cet homme. Mais j'ai le sentiment que quoi qu'il ait prévu, ça ne va pas me rendre la vie plus facile.

— Ils vont se battre pour toi.

— Se battre pour moi ? Elle fronce les sourcils, jette un coup d'œil à Aaron, puis son regard se pose sur moi.

Elle fait un pas en arrière.

Où pense-t-elle qu'elle va aller ?

Jusqu'où ira-t-elle ? Il n'y a aucune chance que le cartel la laisse filer.

Elle titube sur plusieurs mètres en arrière avant que l'un des gardes ne la rattrape. Ses doigts s'enfoncent dans ses bras nus, laissant une marque persistante sur sa peau.

— Ne bouge pas, murmure-t-il un peu trop fort, pour que tout le monde autour puisse l'entendre.

Madisyn se débat contre sa poigne avant de céder.

— Laisse-la partir, dis-je. Ta querelle est avec moi. Madisyn n'a rien à faire dans cette négociation.

Ce n'est pas vraiment une négociation, vu qu'elle a été retenue contre son gré, d'après ce que je peux constater.

Carlos se caresse le menton avant de laisser tomber ses mains sur les côtés.

— Viens avec moi.

Il part dans le couloir, et quand je ne bouge pas assez vite pour le suivre, l'un de ses hommes me frappe dans le dos avec son arme.

———

— Tu ne vas pas sérieusement faire ça pour une fille ? Luka est à mes côtés.

Essaie-t-il de me convaincre de la céder à Aaron ?

Il est hors de question que je laisse ce connard poser un doigt sur Madisyn.

Elle est à moi.

Et alors que je suis toujours en colère contre elle et que je ne veux rien avoir à faire avec elle, j'ai réussi à me faire impliquer dans une « soirée de combat » avec le cartel. Nous sommes escortés au sous-sol et traversons un couloir de tunnels sombres jusqu'à ce que nous atteignions une petite pièce pour nous préparer.

On a l'impression d'avoir marché pendant des kilomètres.

— Déshabillez-vous. Il y a des shorts dans la caisse, dit l'un des hommes en désignant une caisse près du mur.

La pièce est minuscule. Il n'y a pas de fenêtres ni d'autres sorties, seulement la porte par laquelle nous sommes arrivés. Il est impossible de s'échapper de la pièce.

J'envoie un coup au visage du garde, et son cou se retourne. En quelques secondes, il a pointé son arme sur moi.

— Ne m'obligez pas à énerver le patron, dit-il en enfonçant le canon dans mon front.

— Vas-y, tire-moi dessus.

Son regard se durcit.

— Non, je vais d'abord tirer sur la jolie fille, votre prix. Et je vous ferai regarder.

Luka secoue subtilement la tête, m'avertissant que cet homme n'en vaut pas la peine.

Le garde claque la porte derrière nous et la verrouille. On est enfermés à l'intérieur. Merveilleux. Comment vais-je me sortir de ce pétrin ?

— Des nouvelles de la maison ? demandé-je en regardant Luka.

Il attrape son téléphone. Le cartel est négligent. Ils nous ont fouillé à la recherche d'armes mais n'ont même pas piqué nos téléphones. J'ai été négligent en laissant le mien dans le véhicule à l'extérieur.

— Pas de réseau, dit Luka.

Il promène son téléphone dans la petite pièce, le soulevant plus haut comme si cela allait l'aider à obtenir un signal pour passer un appel. Qui va-t-il appeler ?

Les Fédéraux sont-ils vraiment dans la propriété ? S'ils le sont, peut-être que je suis plus en sécurité ici avec le cartel.

— C'est ridicule, dit Luka en remettant son téléphone dans sa poche. Vous ne pouvez pas vous battre avec ce gars-là. Vous allez le tuer.

— C'est le but.

Sans la moindre gêne, je me déshabille et attrape un short de sport noir dans la caisse. Je le porte à mon nez et grimace devant la puanteur. Il n'a pas été lavé et empeste la sueur et le sang.

J'opte pour mon caleçon noir qui était sous mes vêtements. Ils suffiront pour le bottage de cul d'Aaron.

— Le cartel est en train de vous piéger, monsieur. Carlos vous accusera d'avoir tué Aaron, un agent fédéral, et vous fera arrêter.

— Il n'est pas assez stupide pour amener les fédéraux chez lui, dis-je.

Les lumières clignotent, et le rugissement de la foule se répand dans la petite pièce. C'est pratiquement un placard, mais les murs sont en briques et ne bougent pas.

De lourds bruits de pas s'approchent de la porte, et le verrou cliquette alors que l'un des hommes du cartel ouvre la porte.

— C'est l'heure.

— Monsieur, laissez-moi combattre à votre place, dit Luka.

C'est noble, mais je ne le laisserai pas monter sur le ring avec Aaron. Je veux cogner le fils de pute qui a marqué le visage de Madisyn. Aaron n'avait pas le droit de la toucher.

— Ça n'arrivera pas, dis-je. C'est mon combat.

— Venez avec nous, dit le garde et nous fait signe de sortir dans le couloir et de le suivre.

Il n'est pas seul. Un deuxième garde l'accompagne, et les deux ont leurs armes prêtes si nous essayons de nous battre. Bien que l'idée m'ait brièvement traversé l'esprit, je ne sais pas où ils gardent

Madisyn, et je ne suis pas venu pour abandonner la mission et la laisser derrière moi.

Elle va rentrer avec moi et va payer pour sa trahison.

Nous suivons le long et étroit couloir. Il est faiblement éclairé et sale. Le sous-sol aurait besoin d'un nettoyage et d'une nouvelle couche de peinture. Le bruit porte des cris et des acclamations bruyants d'hommes alors que nous approchons.

Il y a une cage au centre de la pièce. Des ampoules halogènes éclairent l'espace sombre et humide.

Il y a déjà des dizaines d'hommes alignés, buvant et acclamant les activités à venir. Les hommes prennent des paris, en particulier les hommes de Carlos.

Aaron arrive de l'autre côté de la pièce. Un autre couloir mène à la cage.

— Vous allez y arriver, dit Luka, en m'encourageant.

Je n'ai pas besoin de ses encouragements.

— Trouve Madisyn, dis-je en me penchant plus près de son oreille. Fais-la sortir d'ici.

Les lumières au-dessus de nous clignotent encore une fois. Carlos entre dans la foule et les huées et l'excitation s'intensifient. C'est comme si l'électricité entrait directement dans le cœur de la cage lorsque les hommes s'écartent pour le chef du cartel.

Ils font de la place pour que nous puissions nous battre.

Carlos ouvre la porte métallique de la cage et me fait signe d'entrer en premier. Je ne pense pas qu'il va m'enfermer dans la cage et me laisser. Il y aurait beaucoup de spectateurs déçus.

Il commence l'annonce, me présentant comme si j'avais besoin d'une introduction. Les huées commencent, et je commence à me demander comment je vais sortir d'ici quand je gagnerai le combat.

Carlos est-il un homme de parole ?

Un problème à la fois.

La foule se disperse pour Aaron et l'encourage alors qu'il entre dans la cage pour se battre. Il porte un peignoir rouge vif en satin brillant.

Ça semble approprié puisque je suis le taureau qui va le démolir.

— Il ne peut y avoir qu'un seul gagnant. L'homme qui en sortira vivant, dit Carlos en gloussant.

Il aime ça un peu trop.

Il ne sait pas que j'ai combattu des hommes de deux fois ma taille, que j'ai assassiné et massacré des criminels qui m'avaient trahi. Je n'ai pas besoin d'une arme pour lui ôter la vie. J'ai mes mains nues.

Aaron laisse tomber son peignoir au bord de la cage, contre le grillage métallique.

— Cinq !

Le compte à rebours commence.

Je suis vif, et Aaron m'envoie un coup de poing avant que Carlos n'atteigne le « un ». Personne ne semble se soucier du fait qu'il soit un tricheur.

Mais je l'anticipe car je ferais la même chose si je pensais que j'allais me faire botter le cul.

Heureusement pour moi, j'ai l'avantage. Bien qu'il soit plus grand de quelques centimètres, je suis plus musclé. J'ai combattu des dizaines d'hommes.

Quand il était Pakhan, mon père m'a jeté sur le ring pour apprendre à me défendre.

J'esquive son coup et j'aperçois un bout de métal qui brille sous la lumière dans sa main.

Aaron a une lame dans sa paume.

— Tu ne pensais pas avoir la moindre chance sans un couteau ? me moqué-je de lui.

Le bruit chaotique de la foule nous entoure et se moque de moi, encourageant sa nullité.

Le regard d'Aaron vacille à ma remarque.

Oh, il m'a entendu.

Un spectateur lance une bouteille de bière sur la cage. Elle s'écrase contre le grillage métallique mais me fait sursauter assez longtemps pour qu'Aaron me coupe avec la pointe de son couteau.

La blessure est superficielle. Je survivrai. J'ai subi pire aux mains d'hommes qui avaient une raison de me vouloir mort.

Quelle est sa raison ?

C'est parce que j'ai couché avec Madisyn, et qu'il est jaloux ?

— Je veux ta mort, dit Aaron, et sa lèvre supérieure se retrousse tandis qu'il me fixe avec dégoût. Tu ne poseras plus jamais un doigt sur ma petite amie.

— Ta petite amie ? (J'en ai assez de danser avec lui sur le ring. Il est temps de lui botter le cul.) Madisyn n'est pas ta petite amie. Elle ne veut rien avoir à faire avec toi.

Je lui lance un crochet du droit qui laisserait des traces demain.

Il ne se couche pas, mais je ne m'attendais pas à ce qu'il le fasse après un coup de poing. Il a probablement pris une ou deux raclées lors de son entraînement à Quantico.

Il sait sûrement comment se battre comme un agent fédéral, pas comme un Russe.

Il *va* tomber. Je vais m'en assurer.

A travers le bruit et le chaos environnant, j'aperçois le peignoir rouge vif qu'Aaron portait quelques instants plus tôt.

Il enveloppe le corps de Madisyn. Elle nage dans le tissu satiné.

Elle le soutient.

QUINZE

Madisyn

Les hommes de Carlos me font parader comme si j'étais un trophée.

Félix, l'un des associés de Carlos, m'a forcée à me déshabiller et à enfiler un ensemble soutien-gorge et culotte en dentelle noire qui ne laisse rien à l'imagination.

Je suis exposée et exhibée. On me vole mes vêtements avant de me sortir du placard et de me traîner sous les projecteurs.

— Notre prix pour la soirée, annonce Carlos alors que j'entre dans la scène chaotique.

Les hommes sont turbulents, plusieurs d'entre eux lancent des bouteilles de bière vides sur la cage qui se trouve au milieu du sous-sol.

Heureusement, ils ne me prêtent pas beaucoup d'attention, leur attention se portant sur les deux hommes qui se renvoient des coups dans la cage.

Aaron et Mikhail se battent.

Je ne peux pas imaginer que c'est un combat équitable. Aaron est un agent du FBI hautement qualifié, mais il n'a pas beaucoup d'expérience en combat de rue. Mais là encore, je ne soupçonnais pas non plus qu'il faisait partie du cartel.

J'ai trahi Mikhail.

Aaron m'a trahi. Non pas que nous soyons ensemble. Je ne veux rien avoir à faire avec lui.

J'enroule mes bras autour de moi, mais il fait froid.

Felix me pousse plus près de la cage.

— Profite du spectacle, murmure-t-il à mon oreille.

Il me donne une place au premier rang, mais je n'en veux pas.

Pourtant, je n'arrive pas non plus à détourner le regard.

— Reste ici, ordonne Felix.

Il me laisse près de la cage et se dirige vers Carlos pour échanger quelques mots.

Je ne peux pas dire ce qui se dit, mais ils sont tous deux momentanément préoccupés.

Il y a un peignoir en satin sur le bord de la cage. J'y plonge ma petite main, tire le tissu rouge à travers les barreaux métalliques, et l'enroule autour de moi, tirant la ceinture autour de ma taille.

Je nage dans le vêtement, mais au moins il me couvre. Combien de temps avant qu'ils ne me forcent à sortir de l'étoffe rouge et ne m'exposent à nouveau ?

Mikhail rompt sa concentration sur Aaron et me regarde. Ce n'est que pour un instant, et il en paie le prix.

Aaron a un couteau à cran d'arrêt dans sa main et lacère la chair de Mikhail. Il a de la chance qu'il ne soit pas empalé.

La foule acclame Aaron, mais Mikhail n'a pas ralenti ou faibli. Les deux hommes m'ignorent alors qu'ils enchaînent coups après coups, se frappant mutuellement le corps.

C'est pénible à regarder.

Aaron n'est pas réglo ou juste. Il tape sur les pieds nus de Mikhail et le fait trébucher, le faisant tomber au sol.

— C'est comme ça que tu veux jouer ? crie Mikhail à son adversaire.

La salive vole dans l'air entre eux alors qu'ils se frappent l'un l'autre.

Aaron marmonne quelque chose, mais il me tourne le dos. Je ne comprends pas l'échange entre les deux hommes.

Mikhail arrache la lame de la main d'Aaron. Elle vole à travers la cage et frappe les barres de métal avant de s'écraser sur le sol.

— Et si on se battait comme des hommes ?

— Tu n'es pas un homme, crie Aaron.

Je resserre le peignoir, croisant mes bras sur ma poitrine. L'air est frais et vicié. La pièce sent le moisi et la sueur. Je ne veux pas regarder, mais je ne peux pas détourner le regard.

Si Mikhail gagne, que va-t-il m'arriver ?

Il ne va pas simplement me laisser partir.

Si Aaron gagne, je ne suis pas mieux lotie. Il me traitera comme une poupée de chiffon, me maltraitera. Il abusera de moi. C'est ce qu'il fait. Il me traite comme de la merde parce que ça le fait se sentir mieux dans sa peau.

Je ne vais pas attendre de voir qui va gagner et me réclamer comme son prix. Je me fraie un chemin dans la foule, m'éloignant de la cage, quand je tombe sur un des hommes de Mikhail, Luka.

— Venez avec moi, chuchote-t-il, en s'accrochant à mon bras.

— Lâchez-moi ! Je ne vais nulle part avec vous.

Je me libère de son emprise. Nous attirons l'attention de Félix quand il se rend compte que je ne suis pas près de la cage où il m'a laissé pour regarder le combat.

— Comme vous voulez, mais je ne reste pas dans le coin pour voir ce qui va se passer, dit Luka.

Il fonce à travers la foule agitée, réussissant à disparaître.

Je me précipite après lui. S'il a un moyen de sortir, je le prends.

— Vous laissez votre patron derrière vous ? Je le suis.

— Vous avez l'air étonnée, dit Luka en souriant.

— Je pensais que vous, la Bratva, vous serriez les coudes.

Il m'attrape le bras et m'entraîne dans un couloir sombre. Il ouvre d'un coup sec la première porte à droite et me pousse à l'intérieur. Il est juste derrière moi.

— Continuez à marcher.

— Vous savez vous orienter dans la maison du cartel ? demandé-je.

— Non. Pendant que Mikhail se battait avec votre petit ami, je suis parti en reconnaissance.

— Aaron n'est pas mon petit ami. Du moins, plus maintenant.

Il ne l'est plus depuis un bon moment, et l'idée qu'il me touche me fait monter la bile dans la gorge.

— Peu importe. (Luka n'a pas l'air de s'en soucier.) Mes ordres sont de vous mettre en sécurité.

— Vos ordres ? Pour qui travaillez-vous ?

Je ne peux m'empêcher de douter de sa loyauté envers Mikhail et la Bratva russe. Sergei a prétendu être loyal envers Mikhail. Comment puis-je savoir que Luka n'est pas un autre agent infiltré ?

— Mikhail Barinov, dit Luka. (Il me frôle et attrape ma main, me traînant dans le tunnel.) Parlez moins fort, chuchote-t-il.

Je suis silencieuse, à l'exception de mes respirations, car j'ai froid et je suis épuisée. L'adrénaline parcourt mes veines alors que nous courons dans le chemin sombre. Il y a une poignée de portes toutes les quelques centaines de mètres, et je ne peux même pas imaginer où elles mènent ou si nous nous dirigeons vers un danger encore plus grand.

— Par ici, dit Luka en ouvrant l'une des portes, et nous nous précipitons dans un autre couloir. Ralentissez, essayez d'être discrète, dit-il.

Comment vais-je réussir à faire ça en portant un peignoir rouge vif ?

Des pas résonnent sur le sol tandis qu'un garde se dirige vers nous.

Luka me pousse contre le mur de pierre froide, ses mains sur mes hanches, sa bouche pressée contre la mienne.

Le garde siffle avec approbation en passant devant nous.

Les doigts de Luka soulèvent mon peignoir, et mes yeux s'ouvrent brusquement.

Mais qu'est-ce qu'il fait ? Il va trop loin.

Je lui donne un coup de genou dans l'aine et un coup de poing dans le visage.

Il se plie en deux, en agonie.

Bien !

— Désolé, murmure Luka.

Il s'excuse rapidement, mais c'est trop tard.

Je le dépasse et vais dans la direction d'où venait le garde. Comment se fait-il qu'il n'ait pas semblé surpris de nous voir ? C'est par ici que les clients sont arrivés pour regarder le combat ?

Il me court après.

— Je suis désolé. J'essayais d'avoir l'air convaincant, dit-il.

J'ignore ses suppliques et pousse la porte au bout du couloir. La liberté, enfin !

La porte mène à l'extérieur. L'air est glacé. Mon souffle flotte à chaque expiration qui franchit mes lèvres. Il y a des dizaines de véhicules sans surveillance garés sur un terrain abandonné.

Je ne reconnais pas vraiment l'endroit où nous sommes, si ce n'est qu'on est encore dans la ville.

— On doit trouver un téléphone. C'est dommage qu'il n'y ait plus de cabines téléphoniques.

Mon téléphone a disparu depuis longtemps. Je serre le peignoir plus fort. Mes pieds sont gelés sur l'asphalte froid.

Luka sort son téléphone et me tend l'appareil.

— Vous êtes sérieux ?

J'ai envie de le tuer.

— Vous l'aviez depuis le début ?

— Il ne fonctionnait pas dans le bâtiment du cartel, dit Luka. (Il déverrouille son appareil.) On a du réseau maintenant, par contre.

— Donnez-moi ça ! J'arrache le téléphone de sa main et compose le numéro de l'agent Kingston.

— Agent Kingston, répond Barrett.

Je pousse un soupir de soulagement quand il répond à l'appel. Le numéro devait être inconnu.

— Agent Kingston, c'est Madisyn Taylor, dis-je en donnant mon pseudonyme.

Si les hommes de Luka et Mikhail n'ont pas découvert mon nom de famille, Carter, je n'ai pas l'intention de le leur donner.

— Où es-tu ? On est à la résidence Barinov et on a tout retourné pour te trouver.

— Le cartel m'a embarquée cet après-midi. Un des hommes de Carlos a dû intercepter ma demande de covoiturage. J'ai réussi à m'échapper avec un des hommes de Mikhail, mais vous devez savoir, monsieur, qu'Aaron Moore travaille avec le cartel.

— Tu es sûre ?

— Il travaille avec Carlos, et il est en plein combat illégal avec Mikhail en ce moment. Ils se battent pour que je sois leur prix. Luka et moi avons réussi à nous éclipser, mais quelqu'un va forcément remarquer qu'on est partis. Il ne faudra pas longtemps avant qu'ils ne nous recherchent tous les deux.

— Je viens te chercher. Où es-tu ? demande-t-il à nouveau.

Je ne suis pas sûr de l'endroit exact.

— Je vais envoyer un signal, dis-je, en lui transmettant les informations GPS pour qu'il envoie une équipe en renfort avant de mettre fin à l'appel.

Je donne à Luka son téléphone.

— Vous devriez partir d'ici.

———

L'agent Kingston arrive avec une équipe du SWAT. On me fait monter sur le siège avant de son véhicule, le chauffage à fond.

La porte reste cependant ouverte, ce qui n'aide pas à réchauffer mes pieds, mais je ne suis pas aussi frigorifiée que tout à l'heure.

Je leur dessine une carte, et l'équipe SWAT se prépare à pénétrer dans le bâtiment.

— Aucune chance que vous ayez une autre paire de bottes dans le coffre ? demandé-je. Je veux faire partie de l'équipe qui infiltre le cartel et met fin au combat.

— Des chaussures ? Tu ne peux pas y aller en portant ça, dit Barrett.

Au moins, je porte toujours le peignoir. Ce n'est pas le moins du monde discret. Le rouge flamboyant ressort même dans le noir, mais c'est mieux que de me balader en sous-vêtements.

Il ouvre le coffre et récupère sa veste classique du FBI, qu'il étend sur mes épaules.

— Tu restes ici. Réchauffe-toi, essaie de te détendre. Tu t'es bien débrouillé là-bas.

Je ne me sens pas du tout bien. Mikhail est toujours sur le ring, il se bat avec Aaron. En supposant que l'un d'eux n'a pas encore tué l'autre.

Chaque seconde semble durer une heure alors que le SWAT entre par la même porte que celle où nous nous sommes échappés.

Luka n'a pas écouté mon conseil. Il a couru vers le chaos, essayant d'aider Mikhail avant que le FBI n'arrive. Il est loyal à l'excès. Luka avait l'occasion de se sauver, mais au lieu de ça, il m'a fait sortir et est retourné chercher son patron.

Le raid se déroule en quelques minutes, mais ça passe au ralenti. Des hommes menottés réapparaissent dans l'entrée sombre, escortés un par un par les autorités.

Je pousse un soupir de soulagement quand Aaron est arrêté. Son visage est rouge, sa lèvre en sang et son œil enflé.

— Qu'est-ce que vous faites ? Enlevez-moi ces menottes ! Aaron se dispute avec l'un des membres du SWAT.

Je ne bouge pas de ma position au bord du véhicule, l'air chaud frappant mon dos, me réchauffant tandis que le froid caresse mes joues.

— Madisyn, dis-leur que je suis avec le FBI et que je n'ai rien à faire avec des menottes.

Je ne leur dirai rien. Ce salaud mérite de voir l'intérieur d'une cellule.

— Je suis avec le FBI, plaide Aaron. Il y a eu une erreur. Barrett !

Il regarde mon superviseur dans les yeux. Mon ex pue le désespoir.

La brigade d'intervention et plusieurs agents du FBI continuent de sortir du sous-sol avec des hommes menottés. Je n'ai pas encore vu Mikhail.

Il y a un certain nombre d'hommes du cartel, dont Felix, mais aucun signe de Carlos.

Est-il sorti avant que les Fédéraux ne démarrent leurs raids ? Il pourrait se cacher n'importe où dans la propriété. Il y avait plusieurs tunnels et pièces au sous-sol, sans compter le rez-de-chaussée du bâtiment et l'étage.

Qu'en est-il de Mikhail et Luka ?

D'autres hommes, plusieurs visages inconnus, sortent menottés. Ce sont des spectateurs qui se sont rassemblés pour regarder le combat.

Je frissonne. L'air est glacial quand je reconnais Mikhail escorté par l'un des chefs du SWAT. Luka est juste derrière lui, menotté.

Mikhail ne porte rien de plus que ses sous-vêtements. Son torse est rouge et sera probablement couvert de bleus demain. Sa joue a une belle marque, et il y a une coupure visible, dégoulinante de sang de la blessure au couteau sur sa poitrine.

Contrairement aux autres qui sont conduits à l'arrière d'une voiture de police, il est escorté vers une ambulance.

Je sors du véhicule et glisse mes bras dans la veste FBI avant de me presser, pieds nus, sur le parking en direction de l'agitation.

— Agent Carter.

Le ton de Barrett m'avertit de retourner dans le véhicule.

Eh bien, je ne peux pas faire ça. Mes pieds brûlent à cause du froid de l'asphalte, mais je me dépêche de rejoindre l'arrière de l'ambulance, où ils mettent Mikhail sur une civière.

— Tu t'en es sorti vivant, dis-je.

— Toi aussi, murmure-t-il.

Les ambulanciers le soulèvent dans l'ambulance. Mikhail est menotté, attaché. Son regard croise le mien. Il cache toute trace de douleur, mais du sang s'écoule de la blessure sur sa poitrine. La première était superficielle, mais la seconde est pire.

Sa peau est luisante et pâle. L'ambulancier lui branche une intraveineuse et fait pression sur la plaie en la bandant.

La colère à laquelle je m'attends n'est pas là. C'est plutôt le soulagement qui m'envahit.

— Ce n'est pas fini, *Kisa*.

— Je suppose que non, mais tu vas aller en prison.

Je souris et recule d'un pas, laissant les ambulanciers s'occuper de Mikhail pendant que je retourne à la voiture. Je n'ai rien d'autre à dire. Il était seulement censé être une mission.

Je n'étais pas censée coucher avec Mikhail, le chef de la bratva. Et tomber amoureuse de lui est hors de question.

Mais alors que je m'éloigne de l'ambulance, je jette un coup d'œil par-dessus mon épaule.

Il affiche un sourire en coin parce que, de toute évidence, il sait que je l'ai dans la peau et que je ne pourrai pas l'oublier. Jamais.

SEIZE

Mikhail

Neuf semaines plus tard ...

Le FBI n'a rien sur moi. Le mandat de perquisition pour la propriété de la bratva était strictement pour trouver Madisyn.

Ils ont dû me libérer. Luka aussi.

— Je veux que tu passes au Federal Plaza, dis-je à Luka.

— Vous pensez que c'est judicieux, monsieur ? Luka est au volant.

Dmitri tient le fort pendant que je fais des allers-retours à l'hôpital pour des interventions. Si c'est pas une chose, c'en est une autre. Le coup de couteau était profond et a nécessité des points de suture, mais le combat a rompu ma rate.

Mais j'ai appris à faire confiance à Luka encore plus ces dernières semaines. Sa loyauté à sauver Madisyn sera récompensée un jour.

— Non, mais je veux la voir.

Correction. J'ai besoin de la voir. Ça fait neuf semaines que je n'ai pas eu ma dose de Madisyn Taylor. Du moins, c'est le nom qu'elle m'a donné quand elle est tombée en panne.

Son vrai nom est Madisyn Carter. J'ai réussi à creuser dans son passé.

Une fois par semaine, je passe devant son appartement en ville. Tard dans la nuit, quand elle laisse le store de la fenêtre ouvert, je peux la voir dans sa chambre, les lumières allumées.

C'est comme si elle laissait ses stores ouverts pour moi. Est-ce qu'elle me voit parfois regarder depuis ma voiture dans la rue, devant son immeuble ?

Je ne me suis pas approché d'elle. J'ai gardé mes distances parce que je veux la protéger.

Jusqu'à ce que les membres du cartel soient poursuivis et que leur organisation se brise, elle sera une cible, surtout s'ils croient que nous sommes ensemble.

Ce n'est pas étonnant que son imbécile d'ex-petit ami ne savait pas que tout était une ruse, notre relation. Eh bien, ce n'était pas faux pour moi au début, mais c'est un secret que j'emporterai dans ma tombe.

J'ai merdé et je suis tombé amoureux.

Je ne peux pas laisser ça arriver à nouveau. Je jure que je ne le ferai pas, mais il y a eu trop de nuits blanches. Je vais la faire revenir dans mon lit.

— Il y a d'autres moyens bien plus subtils, dit Luka.

— Tu veux dire comme la croiser ?

Je ne suis pas un homme subtil. Je travaille dans un but précis, et si je veux quelque chose, je le prends.

— Vous pourriez commencer par envoyer des fleurs.

— Je n'envoie pas de fleurs.

Il ne peut pas être sérieux. Je ne suis pas le moins du monde doux ou tendre. Ce n'est pas comme ça que je fonctionne.

Luka essaie désespérément de ne pas sourire.

— C'est vrai. Vous pourriez lui envoyer un Glock.

— Très drôle, dis-je en marmonnant. Je pense que donner une arme illégale à un agent fédéral n'est pas la meilleure chose à faire.

Il hausse les épaules nonchalamment, son attention étant portée sur la route.

— Ça vous vaudrait des menottes, et elle vous fouillerait.

C'est un homme mort.

— Je ne veux plus parler de Madisyn avec toi. Comment va ta vie amoureuse ?

Je suis amer, et j'en ai même rien à foutre.

— Aussi inexistante que la vôtre, dit Luka. On pourrait aller en boîte, trouver un joli petit cul ? Je suis sûr qu'il y a une fille là-bas qui peut satisfaire vos pulsions.

Cette idée me donne la nausée. Je ne veux personne d'autre. Je veux Madisyn.

— Non.

Je coupe sa suggestion, ne voulant pas entendre un autre mot ou une autre pensée sur ce qu'il veut faire à une fille qui a la moitié de son âge. Il aime courir après les fesses, et je ne veux courir qu'après Madisyn.

Merde, elle m'a eu.

Putain.

— Ok. On pourrait vous faire appel à une escorte ? dit Luka.

C'est sa façon de suggérer d'amener une prostituée dans l'enceinte. Je n'ai pas besoin de payer pour du sexe. Je peux avoir autant de femmes sexy que je veux. Le problème est que ces femmes ne sont pas Madisyn. Peu importe à quel point elles lui ressemblent ou parlent comme elle. Elles ne sont pas elle.

Je suis consterné par sa remarque.

— Ou on pourrait kidnapper Madisyn, et je pourrais faire ce que je veux d'elle.

Luka me regarde.

— C'est une option, mais puis-je vous rappeler ce qui s'est passé la dernière fois qu'elle a disparu ? Les fédéraux ont fait une descente dans notre propriété, et on ne l'avait même pas.

Il a raison.

Mais je m'en fous. Je la veux, et je veux coucher avec elle.

— Retrouve-la et amène-la chez moi.

Les jointures de Luka blanchissent alors qu'il serre le volant.

— Et si elle ne consent pas à partir, monsieur ?

— Elle le fera.

Nul doute qu'elle a agonisé sans mon touché sur sa peau douce. Elle se pliera à ma volonté, et je la dompterai si nécessaire.

———

Je m'assure que mes hommes ont mis de l'ordre dans la propriété, qu'elle est propre et, plus important, que tout ce qui est incriminant est enfermé et caché.

La ramener à la maison est un risque, mais un que je suis prêt à prendre.

Si j'étais un homme honorable, je la laisserais tranquille, je la laisserais vivre sa vie et j'oublierais le moment que nous avons partagé.

Mais je ne suis pas le moins du monde bon. Je suis fier d'être brutal et impitoyable. C'est comme ça que j'ai survécu quand mon père était Pakhan et que je n'étais qu'un modeste prince.

Avec la brutalité vient la force. Il m'a appris tout ce que je sais, et c'est grâce à sa sagesse et ses conseils que j'ai pu prendre le trône à sa mort.

Ça n'a pas été sans mal.

Ses hommes ont peut-être remis en question mon commandement, mais jamais ma loyauté. Maintenant ils se jettent à mes pieds si je le leur demande.

Sauf pour Sergei.

Il est la seule erreur qui me tient éveillé la nuit.

Enfin, à part Madisyn. Cette femme est une diablesse et m'a dupé.

Sergei a de la chance d'être mort. S'il ne l'était pas, j'aurais éviscéré ce bâtard pour ce qu'il a fait à la famille.

Je regarde ma montre et attrape mon manteau.

— Allons-y ! crié-je à Luka.

— Je croyais que vous attendiez ici ?

Luka prend les clés et m'accompagne jusqu'au 4x4. Il déverrouille les portes et monte sur le siège conducteur pour me conduire.

Je pourrais conduire, mais il est aussi mon garde du corps, et j'apprécie d'avoir une paire d'yeux supplémentaire pour m'assurer que nous ne sommes pas suivis. Il est entraîné à anticiper l'inattendu. Je connais mes faiblesses et je m'allie à des hommes qui peuvent m'empêcher de finir mort.

— Je veux voir le visage de Madisyn quand on se montrera.

— Entendu, patron.

Je suis assis à l'avant avec Luka. Nous nous éloignons de la propriété et traversons la ville dans la direction opposée à celle de son appartement. Au moins, sa location était plus proche, mais je suis sûr que c'était intentionnel pendant qu'elle travaillait sous couverture.

Il y a beaucoup de circulation, mais nous sommes partis assez tôt pour nous assurer qu'elle n'est pas encore rentrée du travail.

Luka a surveillé ses mouvements et l'a suivie quotidiennement. Elle prend le métro, ce qui signifie qu'elle va rentrer à pied au lieu de conduire. Cela nous donne le temps de nous arrêter à côté d'elle avant qu'elle ne rentre dans son immeuble.

Nous tournons au coin de la rue, en passant devant la station de métro, et je vois d'abord son manteau rouge vif, avec ses longues mèches vanille au milieu du dos.

Elle devrait porter un chapeau et une écharpe.

Il ralentit le 4x4 au moment où nous arrivons à côté de Madisyn. J'appuie sur le bouton argenté, et la vitre se baisse.

Elle frissonne à cause de la fraîcheur de l'air. Un regard dans ma direction, et ses mains gantées se referment en poings. Madisyn expire un lourd soupir, et son souffle flotte dans l'air.

— Qu'est-ce que tu veux, Mikhail ?

La façon dont elle dit mon nom fait frémir ma bite dans mon pantalon. Je ne devrais pas être aussi obsédé par une seule fille, mais elle me tenaille au plus profond de moi-même, et j'ai besoin de débloquer le problème.

— Monte, lui dis-je, d'un ton ferme et pas du tout amical.

Elle jette un coup d'œil de moi à son immeuble.

Essaie-t-elle de décider si elle peut courir et arriver à l'intérieur avant que je ne l'attrape ?

Elle s'arrête de marcher, et Luka freine. L'air frais s'infiltre dans le véhicule, et je suis reconnaissant quand Luka augmente le chauffage.

Madisyn ne s'approche pas plus.

— Qu'est-ce que tu veux ? demande-t-elle en croisant ses bras sur sa poitrine.

Ses gants en cuir noir ressortent sur son manteau de laine rouge vif.

— Je veux que tu montes dans la voiture.

Elle regarde autour d'elle. Il commence à faire sombre et il n'y a pas d'autres piétons dans la rue.

Est-ce qu'elle cherche quelqu'un pour l'aider ?

Après un moment, elle s'approche du 4x4 et ouvre la porte arrière.

— C'était plus facile que je ne le pensais, marmonné-je alors qu'elle ferme la porte en claquant.

Je ferme la fenêtre. La chaleur commence à remplir le vide, réchauffant le 4x4 une fois de plus. Je me décale dans mon siège pour lui faire face.

Luka éloigne le véhicule du trottoir et repart vers la propriété.

— Comment vas-tu ? lui demandé-je.

Je me suis demandé comment elle allait après ce qui s'est passé avec le cartel. Je suis reconnaissant envers Luka de l'avoir fait sortir avant le raid. Cependant, c'est elle qui a fait intervenir les Fédéraux pendant le combat.

C'était probablement pour le mieux, m'évitant d'avoir à tuer un agent fédéral, enfin, un ex-agent à ce stade. Il est en prison en attendant son procès.

C'était partout dans les journaux ces dernières semaines.

Elle rit doucement.

— Tu ne m'as pas demandé de venir m'asseoir sur la banquette arrière pour que tu puisses voir comment je vais.

Madisyn est intelligente. Je ne lui ai jamais accordé assez de mérite avant.

— Comment va Aaron ? demandé-je avec un sourire en coin.

— Je ne lui ai pas parlé, mais il est derrière les barreaux. Tout comme tu devrais l'être.

— Aïe. (Je fais semblant d'être blessé par sa remarque.) Tu ne veux pas me voir arrêté.

J'aime à penser que j'ai réussi à tromper sa froideur extérieure. C'est une façade, un numéro qu'elle doit jouer à cause de son travail.

Son regard se crispe, et elle incline légèrement la tête.

— Tu sembles avoir l'étrange capacité d'éviter les poursuites judiciaires.

— C'est parce qu'il n'y a pas de preuves.

Elle expire doucement et attache sa ceinture de sécurité.

— Où m'emmènes-tu ? Si tu as l'intention de me tuer, je préférerais au moins avoir l'occasion de sortir mon chien et de le laisser à un voisin.

— Elle n'a pas de chien, dit Luka.

— Je pourrais avoir un chien, dit Madisyn. (Elle se penche en avant.) Tu m'as espionnée ?

— Il s'est assuré que tu étais en sécurité et que le cartel te laissait tranquille, sur mes ordres.

Je ne veux pas qu'elle saute à la gorge de Luka. Il ne mérite pas son courroux. Si elle veut être en colère contre quelqu'un, elle peut reporter sa frustration sur moi.

— J'ai mon badge et une arme. Je suis un agent du FBI, au cas où tu l'aurais oublié, dit Madisyn.

Ma mâchoire se serre, et je grince des dents.

— Je n'ai pas oublié.

Elle a la capacité étrange de me taper sur les nerfs. Je veux lui donner une leçon et l'obliger à me demander pardon pour ce qu'elle a fait, sa trahison.

J'expire une longue et lente respiration.

— Pourquoi es-tu montée dans la voiture si tu penses qu'on va te tuer ?

Elle se recule sur le siège, se mettant à l'aise. Ses épaules se détendent, et elle presse ses lèvres l'une contre l'autre. Mais elle ne répond pas.

Est-ce que Madisyn croit que je vais lui faire du mal ?

Oui, je suis capable de faire des actes atroces. J'ai menacé des familles et des enfants, mais seulement parce que je protégeais ma propre famille.

Famille qui m'a renié.

La bratva est mon sang. La seule famille restante qui signifie quelque chose pour moi. Ma sœur et ses deux enfants sont partis, hors de ma vie. Elle joue au papa et à la maman avec l'un de mes ennemis les plus détestés et élève les jumeaux avec lui.

Il est leur père, mais elle aurait dû être plus intelligente et plus prudente.

Mais je ne l'ai jamais blessée. Enfin, pas sans raison valable. J'ai peut-être laissé ma colère prendre le dessus, mais je l'ai laissée partir, je l'ai libérée pour qu'elle soit avec l'homme qu'elle aime.

Je déteste toujours ce salaud. Je ne l'aime pas trop elle non plus.

La famille ce sont les liens qu'on crée, pas le sang qui coule dans nos veines. Mes frères sont la bratva, les hommes qui sont loyaux, qui verseraient leur sang pour se protéger les uns les autres. Ils sont dévoués et honorables, des hommes qui méritent qu'on se batte pour eux et à leurs côtés.

Madisyn ne répond pas à ma question sur la raison pour laquelle elle est montée dans le 4x4 si elle pensait que j'allais la tuer. C'est parce qu'elle ne croit pas que j'ai l'intention de lui faire du mal.

Si j'avais voulu la tuer, elle aurait déjà été enterrée et les preuves détruites.

— Combien de temps ça va prendre ? J'ai un rendez-vous excitant ce soir, dit Madisyn.

Je grogne à ses mots. L'idée que quelqu'un d'autre puisse s'approcher d'elle me met à cran.

— Donne-moi ton téléphone.

Elle fronce les sourcils, mais elle me tend son téléphone.

— Je suppose que tu vas vouloir me fouiller, aussi.

Un sourire en coin se forme sur mes lèvres. Le simple fait d'imaginer mes doigts se déplaçant sur chaque courbe de son délicieux cul fait palpiter ma bite.

— Je n'en ai pas seulement envie. Je dois te fouiller, dis-je.

L'idée de la pousser contre un mur et d'écarter ses jambes me donne envie de baisser la vitre.

Il fait chaud ici non ?

La dernière chose que je veux, c'est que Madisyn réalise qu'elle me contrôle. Non, c'est moi qui contrôle. Pas elle. C'est comme ça que ça doit être.

DIX-SEPT

Madisyn

Pourquoi diable ai-je agi à l'encontre de mon bon sens et suis montée sur la banquette arrière du véhicule de la bratva ?

Suis-je devenu folle ?

Si Mikhail me voulait morte, il n'aurait pas insisté pour que son associé me fasse sortir de l'enceinte du cartel il y a plusieurs semaines.

Il veut probablement juste parler. Et il n'est pas le seul qui a besoin de parler.

Mais pourquoi n'aurait-il pas pu le faire ici ? Près de mon appartement. Pourquoi conduire jusqu'à sa maison ? En tout cas, c'est la direction que prend son chauffeur.

— Combien de temps ça va prendre ? demandé-je.

J'ai besoin de savoir à quel jeu Mikhail joue. Je lui suis redevable de m'avoir éloignée du cartel, et plus encore, je lui dois des excuses pour avoir couché avec lui.

Je ne suis pas le genre de fille à mélanger travail et plaisir. Sauf que c'est exactement ce que j'ai fait, et je ne peux m'empêcher de penser à ses doigts creusant dans ma hanche, à mon corps enveloppant sa bite.

Mikhail me regarde. Il ne peut pas voir grand-chose avec le manteau de laine et mes bottes noires.

Sait-il que je suis suspendue de mon travail ? Coucher avec le chef de la bratva est grave. Je n'aurais pas perdu mon travail si j'avais été honnête, mais mentir à ce sujet est problématique. Du moins selon le règlement du FBI.

J'ai enfreint les règles et, à ce titre, je suis suspendue 30 jours sans salaire.

J'ai de la chance de ne pas être complètement au chômage.

— Qui est-ce que tu vas voir ? demande Mikhail, ignorant ma question.

— Quoi ?

Luka gare le véhicule devant les portes de la propriété de la bratva. Mon estomac tourne sur lui-même, comme sur une route glacée, et devient incontrôlable.

— Tu as mentionné que tu avais un rencard ce soir. Avec qui ?

Mikhail reprend son interrogatoire.

— Ce n'est pas quelqu'un que tu connais, je mens.

Je n'ai pas de rendez-vous. Je voulais juste voir s'il serait jaloux. Il a l'air du genre jaloux, comme s'il ne voulait pas me partager avec un autre homme.

C'est probablement pour le mieux. Je ne pense pas que je pourrais supporter deux hommes possessifs en même temps.

J'esquisse un sourire quand Luka arrête le moteur et déverrouille les portes. J'ai vérifié la sécurité enfant quand je suis montée dans le véhicule. J'ouvre la porte et sors, en étirant mes jambes.

Il bondit pratiquement hors du véhicule pour terminer son interrogatoire. Il est aussi énervant que le FBI quand il s'agit d'exiger une réponse sur-le-champ.

— Qui est-ce ? Mikhail me grogne dessus.

— Pourquoi veux-tu savoir ? Tu es jaloux ?

Il me fixe du regard.

— Tu es à moi pour ce soir. Peu importe qui tu rencontres, dis-lui que tu ne pourras pas venir.

Il me remet mon téléphone dans les mains.

J'ouvre la bouche, surprise qu'il ne garde pas mon téléphone. Il ne m'a pas non plus fouillé pour chercher une arme.

J'ouvre mes sms et les regarde brièvement avant de remettre mon téléphone dans ma poche. Il n'y avait pas de nouveaux messages, non pas que je m'attendais à quelque chose.

Il n'y a pas de rendez-vous excitant.

Sauf si on compte un pot de crème glacée et un film romantique devant la télévision. Non pas que

Mikhail ait besoin de savoir ce que j'avais prévu. Ce ne sont pas ses affaires.

— Entre, dit Mikhail. Ce n'est pas une invitation. C'est un ordre.

Il attrape ma main et me fait entrer par la porte principale.

Mon souffle se bloque dans ma gorge, mais j'obéis et le suis à l'intérieur. Luka est à quelques mètres derrière nous et ferme la porte après être entré.

Mikhail m'entraîne dans le couloir jusqu'au bureau et ferme la porte derrière nous.

— Qu'est-ce qu'on fait ? demandé-je, ne comprenant pas pourquoi il m'a amené chez lui.

— Assieds-toi.

Il fait un geste vers le canapé.

— Je préfère rester debout.

Je croise mes bras sur ma poitrine, mon manteau toujours bien en place bien que je commence à avoir chaud.

— Ok, reste debout. On va parler de ce que tu as fait ?

— Ce que j'ai fait ? Je me moque de sa question.

— Tu as couché avec moi. Ça faisait partie de ta petite mission ? demande Mikhail.

Il s'approche, réduisant la distance entre nous.

Je ne bouge pas. Mon corps s'est figé sur place.

Mikhail tend la main, balayant une mèche de cheveux derrière mon oreille.

Je sursaute et un frisson me parcourt. Est-ce qu'il remarque l'effet qu'il a sur moi ? Je me racle la gorge, essayant de cacher la chaleur qui monte en moi.

— Était-ce le cas ?

Il est moins patient que dans mes souvenirs. Même quand il est en colère contre moi, il dégage une chaleur et une passion.

Ma voix est douce, et ma question est à peine plus qu'un murmure.

— Est-ce que tu me détestes ?

J'ai besoin de savoir la vérité, car si les rôles étaient inversés, je ne suis pas sûre que j'aurais la force de lui pardonner. J'ai été blessée trop souvent.

— Je devrais, dit Mikhail. Je devrais te haïr, jurer de ne plus jamais te parler.

Mes lèvres se séparent et j'expire lentement et régulièrement.

— Je le mérite, dis-je.

Mon regard se pose sur le sol. Pourquoi m'a-t-il amené ici ? Pour me narguer et me tourmenter ? Veut-il me rappeler à quel point je l'ai blessé et à quel point il me déteste ?

— Eh bien, ce n'est pas ce que je veux. (Mikhail est de retour sur moi. Cette fois, ses doigts sont dans mes cheveux. Il attrape une poignée de mes cheveux blonds, tire sur les mèches, guidant mon visage vers le sien.) Je te veux, *Kisa*.

Chaque respiration devient plus forte, plus profonde, plus rauque. Je le veux aussi. Mais il est un bratva. Il est tout ce que je ne peux pas être. Je suis bonne. Il est mauvais.

Mais le monde n'est pas aussi noir et blanc.

Il m'a sauvé la vie.

Techniquement, son camarade m'a sauvé, mais c'était sur les ordres de Mikhail. Il essayait de rester en vie pendant que je m'échappais.

— C'est contre les règles, dis-je en fixant son regard sombre et brûlant.

Sa voix ne faiblit pas. Il est plus fort et plus énergique avec sa question.

— Les règles de qui ?

Ma bouche est sèche. J'ai déjà des problèmes avec mon travail. Si je fréquente Mikhail, je n'aurai plus jamais d'opportunité avec le bureau.

— C'est contre les règles de s'associer avec un criminel connu.

— Je n'ai pas été condamné, se vante Mikhail.

Il n'a pas tort, mais la sémantique n'a pas d'importance. Le Bureau de Responsabilité Professionnelle est déjà sur mon dos pour leur avoir menti, coucher avec lui, et avoir n'importe quelle sorte de relation me fera perdre mon travail.

Ses lèvres se rapprochent des miennes, et je halète à cause de la pression qui monte et du brasier qui brûle en moi. Mikhail me serre plus fort contre son corps, et je peux sentir son excitation grandir entre nous.

— Je te veux, *Kisa*.

— Tu pourrais avoir n'importe qui, dis-je.

Pourquoi me veut-il ?

Je ne suis rien, une fille qui l'a trahi. Est-ce qu'il fait ça pour se venger de moi ? Pour me montrer ce que ça fait d'être pris pour une idiote ?

Il capture à nouveau mes lèvres, mais cette fois, il fait preuve d'une certaine dureté. Il pousse ma veste sur mes épaules, et le manteau en laine tombe doucement sur le sol.

Mes pensées du moment sont chassées loin de ma tête lorsque ses doigts guident mon cou sur le côté. Il trace un chemin de baisers sur mon cou, me revendiquant.

Je glapis quand il laisse sa marque sur ma peau, mordant ma clavicule. Mon cou est exposé alors qu'il fait glisser sa langue sur ma chair et que ses doigts remontent ma jupe.

Son touché met mon corps en feu.

Mikhail me plaque contre la fenêtre. La fraîcheur de la vitre me fait frissonner.

— Tu as froid ? murmure-t-il en me mordillant le cou.

— Oui, chuchoté-je, lui disant la vérité.

Mes tétons durcissent à cause du froid soudain dans mon dos. Bientôt, il verra la preuve.

D'une main, il saisit ma mâchoire.

— Bien. Ne me mens plus jamais, *Kisa*.

Jamais.

Il remonte ma jupe plus haut. Ses doigts tirent ma culotte sur le côté alors qu'il me titille avec ses doigts. Il se penche plus près, son souffle chatouille mon oreille.

— Tu veux que je te baise ?

Mes lèvres s'écartent, mais les mots ne sortent pas.

Mikhail se retire, me libérant de ses mains.

— Pourquoi tu t'es arrêté ?

Mon cœur bat à tout rompre, se heurtant à ma cage thoracique. J'aurais pu m'abandonner complètement à lui pour qu'il fasse ce qu'il veut.

Il glousse doucement.

— *Kisa*, tu dois me répondre quand je te pose une question.

Son pouce caresse ma joue, et je me penche sur son touché.

— Je vais te répondre, dis-je.

Il me faut plus d'énergie que je ne l'aurais jamais imaginé pour parler, pour exprimer à haute voix la simple pensée du « oui ».

Ses doigts me guident vers le canapé, et il me retourne pour me mettre face au bras du canapé.

— Penche-toi, me dit-il, en me poussant vers l'avant tandis qu'il soulève ma jupe.

Une fraîcheur caresse ma peau lorsque l'air atteint mes fesses ne portant qu'une culotte. Il tire le tissu satiné jusqu'au sol, et ses doigts passent sur mes fesses avant de me fesser.

— Aïe ! (Je halète et serre les fesses. Mes yeux s'écarquillent, et je me dégage, me redressant, me couvrant. Ma jupe retombe autour de ma taille.) Tu viens de me donner une fessée ?

Il m'attrape par la taille et me met contre lui. Ses doigts se glissent sous ma jupe.

— Écarte les jambes, ordonne-t-il.

Je fais ce qu'il me dit.

— Je dois te donner une leçon pour avoir menti et m'avoir trahi, dit Mikhail.

J'inspire un grand coup.

— Tu vas encore me donner une fessée ?

La pièce semble faire mille degrés, et j'ai à moitié envie de me débarrasser de tous mes vêtements, mais s'il va me mettre sur ses genoux, je ne suis pas sûre d'être déjà prête pour ça.

— C'est un type de punition, dit-il.

Les doigts de Mikhail me caressent sous ma jupe, explorant mes plis.

J'expire d'un souffle sec alors que son touché allume une sensation palpitante en mon centre. Il est rare qu'un homme me fasse passer la limite. D'habitude, ils sont rapides et ne cherchent qu'à se satisfaire eux-mêmes.

Mais déjà, Mikhail est différent.

— Tu es mouillée, *Kisa*. La punition, bien que, d'habitude, je la trouve assez efficace, je crains que tu ne l'apprécies un peu trop.

Il gifle ma chatte, et un gémissement grave et guttural s'échappe.

La palpitation ne fait que s'intensifier, et Mikhaïl semble satisfait de son geste.

— Ta punition sera déterminée plus tard, grogne-t-il en détachant sa ceinture et en dézippant son pantalon.

— Tant mieux, murmuré-je, laissant mon regard errer plus bas.

Je l'aide à enlever son pantalon et son caleçon, et je me mets à genoux, voulant le prendre dans ma bouche.

Il attrape une poignée de mes cheveux, me remettant debout.

— Plus tard, dit-il. Pour l'instant, je veux sentir ta petite chatte serrée autour de ma queue. Je veux t'entendre crier mon nom.

Mes entrailles palpitent à ses mots, à sa domination. Il est différent de tous les hommes avec qui j'ai couché. Aucun n'a jamais été un membre de la bratva, et encore moins le chef.

Je défais deux boutons de sa chemise avant qu'il n'arrache le tissu, le coton blanc tombant sur le sol.

— Tu étais trop lente, dit-il.

Il est magnifique, et si je l'avais déjà vu nu, je n'avais pas pu admirer ses abdominaux ciselés et son physique rayonnant. Ma paume caresse son torse et descend le long de son abdomen, sentant ses muscles sous mon touché.

— Viens avec moi. (Il m'entraîne vers l'accoudoir du canapé.) Écarte les jambes, murmure-t-il à mon oreille.

La main de Mikhail me guide vers l'avant, me poussant contre le canapé, sur l'accoudoir, et il me pénètre.

Il n'est pas le moins du monde doux ou lent. Et je suis reconnaissante que nous voulions tous les deux la même chose. Mes doigts s'agrippent au canapé rembourré et je me penche en avant.

Sa bite s'enfonce en moi, et je tends une main pour toucher mon clitoris.

— Qu'est-ce que tu fais ? Sa voix est rauque et tranchante.

Qu'est-ce qu'il croit que je fais, putain ?

— J'organise une fête, réponds-je.

Il rit tout bas. Est-ce qu'il trouve ça drôle ? Ce n'est pas censé l'être, mais s'il prend son pied, je le veux aussi, bon sang !

Je n'arrête pas de me caresser, laissant mes doigts tourner sur mon clito tandis qu'il continue de me pénétrer, en accélérant le rythme. Je ferme les yeux, et mes entrailles frémissent et tremblent alors que les premiers spasmes commencent à secouer, se propageant en moi.

Mikhail me grogne dessus et repousse ma main pour caresser mon clitoris avec deux doigts.

— Je suis le seul à te donner du plaisir, grogne-t-il à mon oreille. N'oublie jamais ça, *Kisa*.

Mes hanches se balancent avec lui, et de son autre main, il tient ma taille tandis qu'il s'enfonce plus profondément en moi.

Je suis à la limite, et je veux me libérer.

— Alors, laisse-moi jouir, putain, dis-je.

Ma respiration est rauque et épaisse.

D'ordinaire, je détesterais être dans cette position, penchée sur le canapé, mais avec Mikhail, c'est intime, et il a le contrôle. Je n'ai jamais cédé le pouvoir à quelqu'un.

Mais je me soumettrais volontiers à lui.

Je ne comprends pas, mais ça m'excite.

Il m'excite.

Il mord mon cou. La sensation me pousse au-delà de la limite.

Je me resserre sur sa bite. Les spasmes me parcourent, font trembler mes entrailles et mon cœur bat violemment dans ma poitrine.

Il grogne dans mon oreille en me lâchant, se déchargeant à l'intérieur de moi.

J'ai du mal à respirer, je me redresse et me retourne lentement, enroulant mes bras autour de sa taille.

— Ça ne peut pas être sérieux entre nous, dis-je.

Je ne sais pas à quoi il s'attend, mais si je veux retrouver mon travail, je ne peux pas coucher avec Mikhail.

Mais c'est plus compliqué que juste mon travail.

— Je suis enceinte, dis-je à voix basse.

— Déjà ? Je ne pense pas que ça marche comme ça.

Il glousse et m'embrasse sur le front.

Je secoue la tête.

— Je suis enceinte d'au moins neuf semaines, Mikhail. C'est pour cela que je suis suspendue du travail, parce que j'ai menti à mes superviseurs sur ce qui s'est passé entre nous. Je leur ai révélé que je suis enceinte de toi.

Un éclair de colère embrase ses traits.

— Tu leur as dit avant de me le dire ?

Je ne savais pas comment Mikhaïl allait réagir à la nouvelle, et sa participation changerait tout. Je ne pouvais plus être un agent du FBI. Je serais forcée de quitter mon travail.

— Je ne me sentais pas parfaitement bien, et ils m'ont envoyé voir un médecin. Je n'avais pas l'intention de leur en parler avant, mais j'ai dit quelque chose à Savannah, ma collègue, et elle m'a traînée dans le bureau de mon patron. Puis, ensuite, je suis suspendue à cause de ma conduite.

— Je veux que tu emménages avec moi, dit Mikhail.

Sa réponse me prend au dépourvu. Je viens de lui dire que nous ne pouvions pas continuer nos escapades. Je suis enceinte, et il veut que j'emballe toutes mes affaires et que j'emménage ?

Il ne peut pas être sérieux.

— Tu es fou ?

Il doit avoir perdu la tête, et ce sont les endorphines qui lui font faire des suggestions insensées.

— C'est plus sûr si tu es ici, sous mon toit.

On n'en est pas encore là. Nous ne sommes même pas près d'en arriver là ensemble.

— Ce n'est pas une raison pour emménager avec quelqu'un. En plus, c'était une seule fois. Pas vrai ?

Ses doigts s'enfoncent dans ma hanche, me tirant contre lui.

— Je ne veux pas que ce soit fini. Tu vas avoir mon enfant. C'est le mien, non ? Sa voix est rauque et profonde.

— Bien sûr, c'est le tien. Je le jure sur ma vie. Tu es le père.

Son autre main s'approche de ma joue, et il pousse une mèche de cheveux derrière mon oreille.

— Je te veux, *Kisa*. Je ne suis pas venu chez toi et je ne t'ai pas ramenée avec moi pour te baiser.

— Tu es sûr de ça ?

C'est précisément ce qui s'est passé, qu'il l'ait voulu ou non.

Il attrape mes cheveux dans son poing, soulevant ma mâchoire pour qu'elle lui fasse face.

— Tu veux rentrer à la maison pour ton petit rencard ? demande-t-il avec dédain.

— Il n'y a pas de rencard, avoué-je, mes joues brûlant.

— Si tu n'emménages pas avec moi..., murmure-t-il en se penchant plus près. (Ses lèvres taquinent mon cou, effleurant ma peau nue, ...je ne pourrai pas monter dans ton lit quand je le voudrai.) Ce jeu entre nous sera terminé pour toujours. Sais-tu pourquoi ? me demande-t-il.

Mon souffle se bloque dans ma gorge.

— Pourquoi ? râlé-je.

— Les fédéraux vont te surveiller. Je ne peux pas prendre le risque que tu y retournes Prouve que tu me veux dans ta vie et dans celle de notre enfant.

Il écrase ma bouche dans un baiser brûlant avant de tirer sur ma lèvre inférieure, la tirant entre ses dents.

Je gémis en réponse. Toutes mes pensées s'évanouissent momentanément lorsqu'il éveille à nouveau une chaleur en moi.

Il relâche sa prise sur ma bouche et me laisse parler.

— Le prouver comment ? demandé-je.

— Choisis-moi plutôt qu'eux. Emménage avec moi.

Son regard est sombre, et il penche la tête, me fixant, attendant ma décision.

— Te choisir ? chuchoté-je.

Est-ce vraiment un choix ?

Je connais à peine Mikhail, et les choses que j'ai lues à son sujet le font passer pour un monstre. Le temps que j'ai passé avec lui, je n'ai pas vu ce côté imprudent et dangereux.

Je veux croire qu'il y a deux facettes à cet homme, une version qui n'est pas si diabolique. Le danger ne me fait pas peur. Peut-être que ça devrait. Ce n'est pas le gentil garçon d'à côté.

Mikhail est l'homme des cauchemars qui vous réveillent avec des sueurs froides.

Je ne devrais pas vouloir être avec lui. Je devrais fuir tant que je le peux encore, tant que je suis encore libre. Mais je ne veux pas me détourner de lui. Au lieu de cela, je me soumets à lui. C'est irresponsable et insensé, mais il m'a sauvé la vie, et l'idée qu'il puisse grimper dans mon lit quand il le désire agite mes entrailles de manière anormale.

— Prouve ta loyauté, dit Mikhail.

— Ne l'ai-je pas déjà fait ? demandé-je.

Je me glisse hors de son étreinte et me dirige vers mon manteau sur le sol. Je me baisse, attrape la veste en laine et glisse ma main dans la poche intérieure, récupérant une clé USB.

— Tu ne l'as pas utilisée contre moi ? demande Mikhail, la surprise étant évidente dans sa voix.

— Je t'ai prêté allégeance, dis-je en fixant son regard sombre.

Il attrape mon poignet d'une main, et de l'autre, je fais tomber la clé USB dans sa paume.

— Personne ne connaît tes secrets. Même pas moi.

Je n'ai jamais connecté la clé USB à un ordinateur. Il aurait été facile de le trahir, de le dénoncer et de le faire arrêter. Sans doute y a-t-il des preuves incriminantes, quelque chose qui le relie à tous les crimes que ses hommes et lui ont commis.

— Tu m'as protégé, dit Mikhail, en refermant sa main autour du lecteur. Tu aurais pu la donner au FBI, pourquoi ne l'as-tu pas fait ?

Honnêtement, je ne sais pas.

— Je suppose que je ne suis pas un très bon agent après tout, dis-je.

Son regard se durcit.

— Je ne le crois pas une seconde. Dis-moi la vérité, *Kisa*.

Je presse mes lèvres l'une contre l'autre. La vérité est plus difficile à dire à haute voix.

— Je suppose que lorsqu'il était temps de remettre la clé USB, je commençais déjà à avoir des sentiments pour toi.

Ses traits s'adoucissent et un sourire amusé se dessine à la commissure de ses lèvres.

— C'est vrai ?

Je frissonne et attrape mes vêtements sur le sol. Sans son corps blotti contre le mien, la pièce est plus froide.

Mikhaïl attrape sa chemise sur le sol. Les boutons sont en vrac, et il passe le coton blanc autour de mes épaules, le laissant se draper sur moi.

— J'aime quand tu portes ma chemise.

— Pourquoi ça ? demandé-je, en glissant mes bras dans les manches.

Je tire sur le tissu avant pour le fermer.

— C'est sexy que tout le monde sache que toi et le bébé qui grandit en toi m'appartiennent.

ÉPILOGUE

Madisyn

Je démissionne du FBI et je prends un poste à plein temps à Steele Concierge Medical. Mikhail insiste sur le fait que je n'ai pas à travailler en dehors de la propriété, qu'il me paierait volontiers comme infirmière de garde.

Surtout puisque je vis avec lui.

Mais je ne veux pas me retrouver dans cette position, à coucher avec mon patron.

Bien sûr, quand Mikhail a besoin de moi pour soigner une blessure d'un de ses hommes, ils s'adressent d'abord à moi, surtout si je suis à la maison.

Même à Steele Concierge Medical, ils semblent toujours me trouver dans l'unité et finissent par devenir mes patients. Et dans la plupart des cas, ça ne me dérange pas. Les gars, bien que durs avec les autres, sont gentils avec moi.

Probablement parce que Mikhail les tuerait s'ils ne l'étaient pas.

— On devrait aller boire un verre après le travail, dit Hannah. Je meurs d'envie d'aller danser et d'avoir une nuit de repos. Mark me laisse passer une soirée entre filles. Donc, tu dois venir.

Je n'ai pas dit à Hannah que j'étais enceinte ou que je vivais avec mon petit ami de la bratva. Bientôt, je vais devoir lui dire car ça va se voir. Enfin, la partie où je suis enceinte. J'ai juré de garder le secret sur le fait que Mikhail fait partie de la bratva.

— Il surveille le bébé ? demandé-je.

Je n'aime pas Mark. Je ne peux pas l'expliquer autrement que par le fait qu'il me dérange, mais ils sont fiancés, et je ne veux pas être l'amie qui lui dira que je pense que l'homme qu'elle va épouser n'est pas fait pour elle.

Pourquoi ça ne peut pas être ses parents ou sa sœur ? Quelqu'un d'autre que moi.

Je sais que je suis une amie de merde.

— Le bébé a presque trois ans, et elle a un nom, Bay, glousse Hannah. (Elle se débarrasse de sa tenue de travail puisque notre service est terminé et prend son téléphone dans le casier.) Tu as vu les photos de Bay ? Oh mon dieu, elle a tellement grandi, tu dois voir à quel point elle a grandi, et oui, Mark surveille le bébé.

Je me glisse dans mes bottes noires, et elle me tend son téléphone, déverrouillé pour voir ses photos. J'appuie sur sa galerie d'images et je parcours toutes les photos car elle en a des tonnes. Je fais défiler les plus récentes et remonte jusqu'à ses photos de nouveau-né.

— Tu ferais mieux de ne pas avoir de nudes là-dessus, dis-je en faisant défiler rapidement les photos de son téléphone.

— Ce n'est rien que tu n'aies déjà vu, et non, Mark est assez prude.

— Quel dommage.

J'arrête de défiler et fais tomber son téléphone.

— Madisyn ! Si tu casses mon téléphone, tu vas payer pour le faire remplacer.

Hannah me frappe dans le bras.

Je me penche, ramassant son téléphone. Heureusement, l'écran n'est pas cassé, et le smartphone est toujours en parfait état.

— Qui est ce type ? lui demandé-je en lui montrant le selfie d'elle et Luka ensemble. Ce que je demande, c'est comment elle le connaît ?

— Le père de Bay. Mon coup d'un soir, dit-elle en levant les yeux au ciel et en m'arrachant le téléphone des mains. Je devrais supprimer cette photo, mais j'ai pensé que Bay pourrait vouloir la voir un jour.

— Et il n'est pas dans la vie de Bay. Pourquoi ? demandé-je à nouveau.

— Ce salaud m'a donné un faux numéro et il ne travaillait pas au bar comme il me l'a fait croire. Je ne sais même pas si Luka est son vrai nom. C'est mieux comme ça, dit-elle, la voix traînante comme si elle essayait de se convaincre qu'elle est plus heureuse.

Sauf que je sais qu'elle ne l'est pas. Elle est fiancée à un homme qu'elle ne veut même pas épouser. J'expire un grand coup. En tant qu'amie, je lui dois la vérité.

— Je le connais, Hannah. Il travaille avec Mikhail. Son nom est Luka Ivanov.

Son visage perd sa couleur.

———

Merci d'avoir lu Boss brutal. J'espère que vous avez aimé l'histoire de Madisyn et Mikhail ! Continuez l'aventure avec Hannah et Luka dans Boss Vicieux.

Il y a une noirceur qui l'entoure, et je devrais rester aussi loin que possible de Luka Ivanov.

Il y a trois ans, j'ai accouché d'une petite fille après une aventure arrosée avec un mystérieux barman russe, Luka.

Du moins, je pensais qu'il était le barman.

Quand j'y suis retournée pour lui dire que j'étais enceinte, personne ne savait qui il était.

J'ai tourné la page... quel autre choix avais-je ?

Le mariage approche à grands pas, et je suis fiancée à Mark, un homme que je n'aime pas. Ne vous méprenez pas. Il est doux et gentil, mais un peu trop mielleux à mon goût. Je préfère les hommes plus sombres, sournois, et un peu plus piquants. Mark est aussi simple que l'on puisse l'être.

Mais je m'en contente car c'est ce qu'il y a de mieux pour ma fille, Bay. Elle a besoin de stabilité, et je veux lui offrir la meilleure vie possible.

Lorsque ma collègue tombe par hasard sur une photo de mon erreur canon, Madisyn avoue qu'elle connaît le Russe qui m'a mis enceinte. Je la supplie de nous présenter, mais elle doit jurer de ne pas lui révéler mon secret avant que je le fasse.

Boss Vicieux est une romance indépendante avec une fin heureuse. C'est le deuxième tome de la série des Frères Bratva.

A PROPOS DE L'AUTEUR

Willow Fox aime écrire depuis qu'elle est au lycée (il y a bien longtemps). Ses romances de petite ville reflètent la vie dans une petite ville de l'Amérique rurale.

Qu'elle écrive des romances ou qu'elle s'assoie près d'un feu de camp pour lire un bon livre, Willow aime la magie des mots écrits.

Elle rêve d'être transportée et espère le faire pour ses lecteurs !

Visitez son site Web à l'adresse suivante :

https://authorwillowfox.com

Aigle Tactique

Révélation : Jaxson

Furtif : Mason

Dissimuler : Lincoln

Clandestine : Jayden

Mariages Mafieux

Vœu Secret

Vœu Captif

Vœu Sauvage

Vœu Non Consenti

Vœu Impitoyable

Frères Bratva

Boss Brutal

Boss Vicieux

Boss Possessif

Boss Obsessif

NOTES

Chapitre 11

1. Office of Professional Responsibility, O.P.R